Christiane Flock

Sagen & Legenden aus der Eifel

REGIONALIA

Christiane Flock

Sagen & Legenden aus der Eifel

REGIONALIA

Flock, Christiane: Sagen und Legenden aus der Eifel

Printed in Poland

ISBN 978-3-939722-29-8

www.regionalia-verlag.de

Inhalt

Vorwort

Die waldreiche, gebirgige, vergleichsweise dünn besiedelte Eifel mit ihren zahlreichen Burgen und Schlössern ist eine Region der Sagen: Könige und Prinzessinnen, grausame Grafen und Raubritter - ebenso wie „edle" Ritter und „Burgfräulein" -, aber auch Geister, Kobolde, Zwerge, Hexen und sogar vorchristliche Gottheiten wie Wodan sind deren Hauptgestalten. Wie überall in Europa und darüber hinaus erzählten sich die Menschen solche Sagen, die sich um Gestalten aus dem Jenseits oder aus „anderen Welten", um Spuk also, oder aber um historische sowie für historisch gehaltene Personen ranken. In vielen Sagen werden einfache Menschen aus dem Volk mit diesen Gestalten oder mit dämonischen - aber auch mit freundlich-hilfsbereiten - „jenseitigen" Mächten konfrontiert. Eine größere Anzahl von Sagen berichtet von der geheimnisvollen Entstehung einer Burg, andere vom Untergang der Burg als schicksalhafte Strafe, wie die Sage vom „versunkenen Schloss" im Totenmaar. Noch im Heimatkundeunterricht der Volksschule – ich hatte das große Glück, die ersten vier Schuljahre in einer kleinen Dorfschule in der Rheineifel verbringen zu dürfen – wurden uns Ende der 1960er Jahre spannende Sagen erzählt, die für die spätere Berufswahl – Historiker – maßgeblich waren!

Die im Westen Deutschlands gelegene, sich über dessen Grenze nach Luxemburg und Belgien ausdehnende, etwa 5.300 qkm große Eifel gehört zu den faszinierendsten europäischen Mittelgebirgslandschaften. Sie ist Teil des Rheinischen Schiefergebirges. Nach Nordosten stuft sie sich zur Niederrheinischen Bucht hin ab, im Osten begrenzt sie der Rhein, im Süden die Mosel. Die Städte Trier, Aachen, Bonn und Koblenz bezeichnen in etwa ihre „Eckpunkte". Bestimmend ist ein welliges Rumpfhochland von etwa 600 m Höhe, das in Teilen hohe flache Rücken härteren Gesteins und höhere Gebirgszüge prägen. Die Hoch- bzw. Vulkaneifel erreicht mit der Hohen Acht, dem höchsten Berg der Eifel, eine Höhe von 747 m; sie wird durch Kraterseen, sog. Maare, geprägt. Infolge ihres atlantischen Klimas gehört die Eifel zu den wasserreichen Regionen mit mehreren Flüssen. Unter den Hauptflusstälern, welche in die Randlandschaften cañonartig mit Terrassen einschneiden, ist besonders das Ahrtal hervorzuheben: Das Ahrgebiet blieb trotz seiner Nähe zum Rheintal bis weit ins 19. Jahrhundert für den überregionalen Verkehr schlecht erschlossen. Dicht bewaldet und als mittelalterliches Rodungsland spät besiedelt, unterschied sich das Ahrgebiet von den alten Siedlungsgebieten (Eifeler Kalkmulden, Maifeld). Die von Westen in die Hocheifel hinein reichenden Kalkgebiete wiesen eine geringere Bewaldung, größere Bevölkerungsdichten und größere Dörfer auf. Dies lag an den besseren Erschließungsmöglichkeiten, die bereits zu dichterer Besiedlung in ur-/frühgeschichtlicher Zeit führten. Auch einige Straßen römischer Zeit verliefen hier. Die verhältnismäßig gute Erschließung der inneren Eifel zu bedeutenden altoffenen Verkehrsräumen in Richtung Norden und Süden war ein weiterer Grund dafür, dass das schlecht zugängliche Ahrgebiet lange unerschlossen blieb.

Unter den Bezeichnungen pago eflinse (762) und pago Eifla (838) erscheint die Eifel als Gau (pago) innerhalb der fränkischen Verwaltung in frühmittelalterlichen Urkunden. Der karolingische Eifelgau umfasste das Gebiet um die Quellen der Flüsse Ahr, Kyll, Urft und Erft, d.h. das Gebiet um die späteren Orte Adenau, Daun, Ulmen, Kronenburg und Münstereifel. Das nach Kaiser Karl dem Großen (König ab 768, Kaiser ab 800) benannte, im Maas-Mosel-Raum beheimatete fränkische Geschlecht der Karolinger besaß in der Eifel viele Hausgüter und Domänen. Das karolingische Reichsgebiet war seit dem 7. Jahrhundert in Gaue gegliedert, deren administrative Aufgaben Angehörige des Hochadels als Gaugrafen wahrnahmen. Von den karolingischen Herrschern erhielten die ältesten Eifeler Adelsgeschlechter Grundbesitz für ihren Verwaltungs- und Militärdienst für das Reich, anfangs als Lehen, doch wurde solcher Besitz später oft erblich. Im Spätmittelalter waren die Erzbischöfe von Köln und Trier, die Grafen von Luxemburg und die späteren Herzöge von Jülich die wichtigsten Herrscher im Gebiet der Eifel. Auf sie geht eine größere Zahl von Burgen zurück, doch auch einige kleinere, bis in die Frühe Neuzeit existierende Grafschaften und Herrschaften bauten Burgen, ebenso die Abtei Prüm.

Die genaue Gründungszeit der meisten früh- und hochmittelalterlichen Burgen ist auch in der Eifel unbekannt. Als im Ursprung römisch wurden im 19. Jahrhundert, und in der Heimatforschung teils noch in der Gegenwart, viele Burgen bezeichnet, ohne dass dies nachweisbar oder realistisch wäre. Mehrfach wurde ein römischer Ursprungs- oder Vorgängerbau unterstellt, wie für die Kasselburg; und die „Bertradaburg" in Mürlenbach wurde nicht nur als Nachfolgebau eines römischen Kastells, sondern als „eine der ältesten Burgen im Rheinland" und als Sitz der Bertrada, Stifterin des Klosters Prüm (721), bezeichnet, obwohl diese Burg erst seit 1331 durch Urkunden belegt ist. Der volkstümliche, wohl seit dem 19. Jahrhundert geläufige Name „Bertradaburg" verweist auf eine spätestens ab dem 17. Jahrhundert bezeugte Sage und die lokale Überlieferung, welche die Burg in einen Kontext mit der Familie Karls des Großen und mit der Person des Kaisers selbst bringt: Die Gründerin der Abtei Prüm, Bertrada, war die Großmutter von Berta, der Mutter Kaiser Karls dem Großen, und so wurde gar spekuliert, Kaiser Karl sei auf der Burg in Mürlenbach geboren. Auch dies ist eine Sage.

Bereits früh begann als eine Folge der Romantik das Aufzeichnen und Sammeln von Sagen des Rheinlandes und der Eifel. Zu erwähnen ist hier insbesondere der Kaplan Johann Heydinger. Und der aus Zendscheid stammende spätere Volkskunde-Professor Matthias Zender sammelte 1929/36 als Student etwa 10.000 Sagen, Volksmärchen und Schwänke aus der Eifel und den Ardennen. In den 1930er Jahren trug Zender dann Gruselgeschichten aus der Eifel zusammen, wie um 1900 bereits der Schuldirektor Heinrich Hoffmann aus Düren. Und in den 1970er Jahren veröffentlichte der aus Dreis stammende Lehrer Willi Steffens als Beilage zur Firmenzeitschrift der Firma Slabik die beiden Serien „Heimatgeschichte, Volkskunde und Sagen unserer Heimat" und „Heimatgeschichte, Anekdoten, Humor".

Christiane Flock, die aus der Ahreifel stammende Autorin des hier vorgelegten Bandes „Sagen und Legenden aus der Eifel", wählte aus der Vielzahl der Eifel-Sagen eine Reihe aus, um sie in ihrer eigenen Sprache zeitgemäß neu zu erzählen. Sie steht damit in der Tradition unter anderem von August Antz, der 1961 das Buch „Rheinlandsagen für Jugend und Volk. Neu erzählt von August Antz" publizierte. Zugleich steht sie aber auch in der Tradition zahlloser Menschen „aus dem Volk", die in abendlicher Runde, sei es in der Bauernstube, sei es im Wirtshaus oder anderswo, solche Sagen in ihrer eigenen Sprache weiter erzählten und so zur Erbauung und Belehrung ihrer Zuhörer/-innen beitrugen. Dies wird sicher auch Christiane Flock mit ihrem Buch gelingen, zu dem sie selbst die stimmungsvollen Zeichnungen beisteuerte. Tauchen Sie ein, werte Leser und Leserinnen, in die geheimnisvolle Sagenwelt der Eifel ...

Dr. Michael Losse (Marburg im Juni 2011)

Der Teufelsweg von Falkenstein

Vor langer Zeit lebte auf der Burg Falkenstein bei Bauler in der Eifel ein finsterer Ritter. Seine raue Art, aber auch der schmale beschwerliche Weg hinauf zur Burg waren Gründe dafür, dass sich selten ein Gast in sein Haus verirrte. Selbst der Liebreiz und die Schönheit seiner Tochter, die im ganzen Land gerühmt wurden, konnten nichts daran ändern. So verwunderte es den Ritter von Falkenstein sehr, als eines Tages der junge Herr Siegfried von Sezen vor seinem Tore stand und um die Hand seiner Tochter anhielt.

„Ihr bittet um die Hand meiner Tochter?", fragte der Ritter erstaunt.

„Jawohl, edler Herr. Ich möchte um die Hand Eurer Tochter anhalten."

Der Ritter schwieg lange Zeit, und Siegfried beschlich die Angst, dass der Alte ihm diese Bitte verwehren würde.

„Nun", antwortete der Ritter von Falkenstein, „wie Ihr wisst, hat meine Tochter zarte, kleine Füße und kann unmöglich den holprigen, steilen Weg hinuntergehen, um Euch zu heiraten. Sollte es Euch jedoch gelingen, bis zum morgigen Tag einen Fahrweg für die Brautkutsche zu bauen, dann gebe ich Euch die Hand meiner Tochter."

„Ihr wisst, dass es unmöglich ist, in einer einzigen Nacht solch einen Weg anzulegen", antwortete Siegfried, „ich brauche mehr Zeit dafür."

„Wenn Ihr es nicht vermögt, so bleibt Euch die Hand meiner Tochter verwehrt." Mit diesen Worten schlug der Ritter von Falkenstein das Tor seiner Burg zu und ließ Siegfried alleine zurück.

Tief betrübt machte sich dieser auf den Heimweg. Er sah keine Möglichkeit, diese Aufgabe zu bewältigen, und schweren Herzens verzichtete er auf die schöne Ritterstochter.

Unterwegs kam er an seinem Bergwerk vorbei, wo er beschloss, eine Rast einzulegen.

„Oh Herr, welche Freude, Euch zu sehen“, begrüßte ihn der Aufseher. „Was führt Euch an diesem wunderschönen Morgen zu uns?“

Siegfried stieg von seinem Pferd ab und band es im Schatten an einen Baum. „Der Morgen ist alles andere als schön“, erwiderte er traurig, „oder könntest du mir mit deinen Leuten einen Fahrweg zum Falkenstein hinauf bauen?“

Der Aufseher machte ein erstauntes Gesicht. „Natürlich, mein Herr!“

„Und wie viel Zeit würdest du dafür benötigen?“

„Nun, für ein Drittel des Weges ungefähr ein Jahr, aber dann müssten uns noch alle Eure Knappen helfen.“

„Diese Antwort hatte ich erwartet.“ Finster wandte Siegfried sich ab, nahm sein Pferd und ging ohne ein weiteres Wort zu sagen davon. Es war aussichtslos! Wie sollte er innerhalb eines Tages einen Fahrweg hinauf zur Burg bauen? Selbst mit all seinen Leuten würde er doch zumindest drei Jahre dafür brauchen. Mit hängendem Kopf ließ er sich auf einen Stein nieder. Niemals würde ihm die Hand der schönen Tochter des Ritters von Falkenstein gehören!

„Es gibt nichts, was nicht möglich wäre“, erklang plötzlich eine Stimme hinter ihm, „es ist immer nur eine Frage des Preises.“

Erstaunt drehte Siegfried sich um und glaubte seinen Augen nicht zu trauen! Vor ihm stand ein kniehohes Männchen in einem giftgrünen Gewand, das sich artig verbeugte und seine spitze Mütze lupfte. „Ich weiß um Euren Kummer, Herr, und könnte Euch davon befreien.“

„Woher wisst Ihr davon? Hat sich dies so schnell herumgesprochen?“

Der kleine Mann strich sich lächelnd über seinen langen weißen Bart. „Es soll Euch nicht bekümmern, woher ich es weiß.“

„Dann sagt mir wenigstens, wer Ihr seid und woher Ihr kommt.“

„Nun, ich bin der Zwergenkönig und lebe mit meinem Volk hier in dem Berg, in dem Ihr Euer Bergwerk habt.“

„Ihr lebt hier im Bergwerk? Wie kommt es, dass wir Euch noch nie zu Gesicht bekommen haben?“

„Wir leben weit unten im Herzen des Berges. Doch ich bin nicht hier, um mit Euch über mein Volk zu sprechen. Sagt mir lieber, was Euch die Braut von Falkenstein wert ist.“

„Alles, was ich in Ehren geben kann!“, rief Siegfried und sprang auf. Sollte sich sein innigster Wunsch etwa doch noch erfüllen?

Der Zwergenkönig lächelte. „Nun, was ich als Gegenleistung erbitte, könnt Ihr sicher gewähren, ohne Eure Ehre zu gefährden.“

„Und was wäre das?“ drang Siegfried voller Ungeduld in ihn.

„Ihr stellt ab morgen die Arbeiten in Eurem Bergwerk ein!“

„Das ist ein wahrlich hoher Preis. Kann es kein anderer sein?“

„Ich weiß, dass der Preis nicht billig ist, mein Herr. Doch durch Euer Pochen und Hämmern habt Ihr mir schon viele Zwerge vertrieben. Wenn Ihr nicht damit aufhört, müssen wir unsere Behausung ganz räumen.“

Siegfried dachte nach. „Mir war nicht bewusst, dass ich mit meinem Bergwerk Euer Volk störe, ja ich wusste noch nicht einmal von Eurem Volk selbst. Daher will ich den Preis gerne bezahlen. Schafft Ihr es, bis in die Frühe des morgigen Tages einen Fahrweg hinauf zur Burg zu bauen, so will ich noch am gleichen Tag mein Versprechen einlösen!“

Der Zwergenkönig streckte ihm seine kleine Hand entgegen, und kaum hatte Siegfried eingeschlagen, da war der wunderliche kleine Gesell auch schon verschwunden.

Siegfried machte sich glücklich auf den Heimweg. Nie und nimmer hätte er es für möglich gehalten, dass sein sehnlichster Wunsch doch noch in Erfüllung gehen könnte.

Je weiter der Tag fortschritt, desto unruhiger wurde er. Was war, wenn er das Ganze nur geträumt hatte oder der Zwergenkönig sein Versprechen nicht halten konnte? Ruhelos strich er durch die Gemächer, Flure und Kammern seiner Burg. Als es dunkel wurde, hielt er es nicht mehr aus und schwang sich auf sein Pferd. In wildem Galopp preschte er zur Burg Falkenstein und hielt am Fuße des Berges an. Um ihn herum herrschte eine tiefe Stille, und eine unendliche Traurigkeit machte sich in ihm breit. Niemand war da, um den Fahrweg zu bauen. Er hatte die geheimnisvolle Begegnung mit dem Männlein wohl doch nur geträumt. Kummervoll sah er zum Nachthimmel hinauf, von wo ein schwacher Lichtschein die Burg erhellte. Nun war auch seine letzte Hoffnung zerstört, dass er seine Angebetete jemals in den Armen würde halten können.

Seufzend wandte er sein Pferd und machte sich auf den Heimweg. Plötzlich scheute das Tier und weigerte sich, weiterzutraben.

„Was um alles in der Welt ist mit dir? “, schalt Siegfried und trieb es an. Doch sein Ross machte nur mehrere Schritte rückwärts.

Noch während Siegfried voller Ungeduld absprang, sah er plötzlich etwas zwischen den Sträuchern aufblitzen. Erstaunt blickte er um sich. Mit einem Male schien es aus allen Ecken des Waldes zu leuchten. Aus allen Felsen, Klüften, Sträuchern und Bäumen rund um den Falkenstein huschten unzählige Lichter. Gesang und Gelächter schwangen leise in der Luft und ehe Siegfried sich versah, begann um ihn herum ein geschäftiges Treiben. Von allen Seiten hörte er es hämmern und poltern. Staunend vernahm er, wie Bäume in der Dunkelheit krachten und Steine rollten, und es ertönten unzählige Stimmen, die leise Befehle durch die Nacht riefen. Der ganze Berg schien lebendig zu werden. Ungläubig verharrte Siegfried auf seinem Platz. Obwohl er nur kleine Lichter wahrnehmen konnte, mutmaßte er, dass Tausende kleiner Helfer dort am Werke waren.

Siegfried bemerkte nicht, wie die Zeit verging. Erst als ein gellender Pfiff durch den Wald schallte und es mit einem Male still um ihn wurde, sah er, dass bereits die Morgenröte dämmerte. Er musste stundenlang am Fuße des Berges gestanden haben. Langsam ging er an die Stelle, wo der schmale Weg hinauf zur Burg begann. Die ersten Sonnenstrahlen brachen nun durch die Baumwipfel, und ein tiefes Glücksgefühl machte sich in ihm breit.

„Und, Herr?", riss ihn eine wohlbekannte Stimme aus seinen frohen Gedanken, „habe ich mein Wort gehalten?"

Freudig ergriff Siegfried die Hand des Zwergenkönigs und drückte sie glückstrahlend. „Das habt Ihr! Und ich werde mein Versprechen auch einlösen. Noch heute wird das Bergwerk stillgelegt."

Der Zwergenkönig verneigte sich lächelnd. „Habt Dank, werter Ritter von Sezen. Wir werden Euch das nie vergessen. Ach, und wenn es Euch keine Umstände bereitet, dann verratet doch bitte niemandem, dass wir Euch diesen Gefallen getan haben. Wir möchten in Ruhe leben können."

„Auch dieses Versprechen gebe ich Euch gerne. Niemand wird jemals erfahren, dass Ihr mir diesen Dienst erwiesen habt. Doch nun entschuldigt mich. Ich will hinauf zu meiner Braut."

Der Zwergenkönig winkte ihm nochmals zu und verschwand so schnell, wie er aufgetaucht war.

Siegfried lief zu seinem Pferd und preschte den Weg hinauf. Vor dem Burgtor brachte er es zum Stehen, pochte an das schwere Tor und rief: „Seht, Ritter von Falkenstein! Die Straße ist fertig! Noch heute Nachmittag komme ich mit Ross und Wagen, mir meine Braut zu holen."

Die Turmwache erschien, und als sie Siegfried auf dem fertigen Fahrweg gewahr wurde, stieß sie in ihr Horn. Siegfried sah, wie das Burgvolk sich am Tor versammelte, und als der Ritter von Falkenstein sich im Erker sehen ließ, rief er abermals: „Seht, Herr von Falkenstein! Ich habe die Bedingung erfüllt!"

Noch am selben Tag wurde Hochzeit gefeiert. Siegfried aber hielt sein Versprechen und schloss das Bergwerk, sodass das Zwergenvolk von nun an in Frieden und unbehelligt von den Menschen leben konnte.

Wie der Fahrweg über Nacht entstanden war, verriet Siegfried niemandem, und so erzählte sich das Volk, kein anderer als der Teufel selbst hätte den Weg über Nacht bauen können.

Wodans Rache

Die Kasselburg erhebt sich stolz über dem Örtchen Pelm, und ihr imposanter Wohnturm ist schon von weither zu sehen. Früher Wohnsitz verschiedener Adelsgeschlechter, lebte Mitte des achtzehnten Jahrhunderts der Förster Reichert mit seiner Familie auf dem Burggelände, das ihm der Besitzer, der Herzog von Aremberg, als Bleibe überließ. Reichert war ein höchst ehrbarer und redlicher Forstmann. Mit Liebe, Fleiß und großem Ernst verrichtete er seine Arbeit, und als er von einem Wolf hörte, der die Bevölkerung in Angst und Schrecken versetzte, beschloss er, diesen zu suchen.

Wölfe waren zu dieser Zeit noch häufig in der Eifel anzutreffen. Allerdings lebten sie tief in den Wäldern, und man bekam sie nur sehr selten zu Gesicht. Dass ein einzelner Wolf bis hinunter in den Ort lief, war ungewöhnlich.

An dem Morgen, an dem der Förster sich auf die Suche nach dem Wolf begeben wollte, trat sein Sohn August an seine Seite.

„Vater, darf ich dich begleiten?"

„Nein, mein Sohn", antworte der Förster und griff nach seinem Hut. „Das ist viel zu gefährlich. Ich nehme nur Karo mit."

„Aber ich möchte dabei sein, wenn du das Ungeheuer erlegst", begehrte August auf.

Der Förster kniete sich auf den Boden und sah seinem Sohn ernst in die Augen. „Du bleibst hier und wachst über die Burg. Bis ich wiederkomme, bist du der Herr im Haus. Versprich mir, dass du gut auf Mutter und deinen Bruder Nikolaus aufpasst."

August überlegte kurz und nickte dann. „Ja Vater, das werde ich tun. Doch du bringst mir den Wolf mit, ja?"

Der Förster erhob sich und piff leise nach seinem Hund Karo. „Natürlich! Wenn ich ihn finde, bringe ich ihn dir mit."

Der Förster nahm seine Wegzehrung und strich seinem Sohn über den Kopf. „Bis bald, mein Junge", verabschiedete er sich und verließ die Burg.

Er wusste nicht, wo der Wolf sich zu dieser Zeit aufhielt. Dennoch war er fest entschlossen, ihn zu suchen. Die Leute im Dorf hatten berichtet, dass das wilde Tier das letzte Mal auf den Wiesen zwischen der Burg und dem Dorf gesehen worden war. Daher nahm er an, dass es noch irgendwo in der Nähe herumstrich. Die Zeit verging, und der Förster durchstreifte große Teile seines Waldes. Doch von dem Wolf fehlte jede Spur.

Gegen Abend, als es bereits dunkel wurde, beschloss er, ein Lager aufzuschlagen. Er suchte sich Holz für ein Feuer. Als es brannte, setzte er sich erschöpft an einen Baum, um mit Karo sein Essen zu teilen.

„Nun sind wir den ganzen Tag im Wald umhergelaufen und haben noch nicht einmal eine Spur von ihm gefunden." Reichert strich seinem Hund nachdenklich über das Fell. „Ob er schon wieder die Wälder verlassen hat?" Der Förster wollte gerade seine Augen schließen, denn er war sehr müde, da sah er plötzlich, wie sich alle Nackenhaare Karos aufstellten. Er sprang mit einem Satz auf die Beine. Angespannt lauschte er in die Stille. Er konnte nichts hören, doch Karos Unruhe zeigte ihm deutlich, dass dort etwas in der Dunkelheit lauerte. Ob sich der Wolf bis an sein Feuer heranwagte? Blitzschnell griff er nach seiner Armbrust. Eine gewaltige Anspannung breitete sich in ihm aus und sein Finger lag zitternd am Abzug. Wenn sich diese Bestie wirklich bis an sein Feuer wagte, dann war sie hungrig und sehr gefährlich.

„Gibt es noch Platz für einen müden Wanderer an Eurem Feuer?", erklang plötzlich eine Stimme hinter ihm.

Reichert wirbelte herum und versuchte, die Gestalt in der Dunkelheit zu erkennen. „Wer seid Ihr?"

„Ein verirrter Wandersmann, der den Weg zum Ort nicht mehr gefunden hat", antwortete die fremde Stimme.

Reichert sah, wie ein stattlicher Mann, dessen dunkle Kleidung vollständig seine Gestalt umhüllte, in den Lichtschein des Feuers trat. Sein weißer Bart leuchtete silbrig, und seine Augen waren in der Dunkelheit nicht zu erkennen. Erst jetzt nahm Reichert die beiden Raben wahr, die rechts und links auf seiner Schulter saßen. Der Fremde lächelte freundlich auf ihn herab. Doch er kam Reichert nicht wie ein Mensch, sondern wie ein Fabelwesen vor.

Reichert holte tief Luft und versuchte sich zu beruhigen. Wahrscheinlich war der Fremde einer der fahrenden Zigeuner, die hin und wieder durch die Wälder um die Kasselburg zogen. Er sollte sich nicht wie ein Tor benehmen und ihm einen Platz an seinem Lagerfeuer anbieten.

„Bitte", sagte er daher und ließ seine Waffe sinken, „seid mein Gast." Er setzte sich wieder ans Feuer und legte die Armbrust quer über seine Beine, damit er sie jederzeit griffbereit hatte.

„Danke", lächelte der Fremde und ließ sich ihm gegenüber nieder. Karo verkroch sich hinter seinen Herrn.

„Euer Hund mag mich wohl nicht", schmunzelte der Fremde und streckte seine Hände den wärmenden Flammen entgegen.

„Wollt Ihr mir nicht sagen, wie Euer Name ist, und was Euch hier in die Gegend verschlagen hat?" Reichert überging die Worte des Fremden und versuchte seinen Blick von den zwei Raben abzuwenden, die ihn unbeweglich anstarrten.

„Man nennt mich Wodan, und meine beiden Freunde hier", – dabei wandte er den Kopf nach rechts und links – „sind Hugin und Munin."

„Ihr seid neu hier in der Gegend, nicht wahr? Ich habe Euch noch nie gesehen."

„Mein Weg führt mich oft in die entlegensten Gegenden. Ihr müsst wissen, dass ich immer auf der Suche nach Weisheit bin und dafür sorge, dass es meinen Freunden gut geht."

„Und dafür seid Ihr in unsere Gegend gereist? Ihr habt Freunde an diesem Ort?"

Wodan nickte schweigend, und Reichert musterte neugierig sein Gesicht. Erst jetzt, im Schein des Feuers, sah er, dass Wodans rechtes Auge trüb war und starr in eine Richtung schaute.

„Was ist mit Eurem Auge geschehen?"

„Es war der Preis", antwortete Wodan.

„Der Preis? Wofür?"

„Den ich bezahlen musste, um aus der Quelle der Weisheit zu trinken."

Reichert sah Wodan verständnislos an. „Ich verstehe nicht."

„Manchmal muss man sehr viel Schmerz für die Weisheit ertragen", erwiderte Wodan und sah ihn ernst an. Dabei schien sein blindes Auge in der Dunkelheit zu glühen.

Reichert schwieg und stocherte mit einem Stock im Feuer. Er wusste nicht, was er darauf antworten sollte.

„Dies trifft auch auf Euch zu, wenn Ihr meinem Rat nicht folgt!"

Entsetzt hob Reichert den Kopf. „Was meint Ihr damit?"

„Ich weiß, warum Ihr durch den Wald zieht. Doch ich rate Euch, ihn in Ruhe zu lassen."

„Ich kann Euch nicht folgen. Wen soll ich in Ruhe lassen?"

„Den Wolf!"

„Woher wollt Ihr wissen, dass ich auf der Suche nach einem Wolf bin?"

Wodan erhob sich. „Ich weiß es, und Ihr solltet meine Warnung nicht in den Wind schlagen. Denn der Schmerz, den Ihr dem Wolf zufügt, wird tausendfach auf Euch zurückfallen."

Reichert fuhr auf. „Seid Ihr von Sinnen? Ihr verheißt mir den Tod?"

„Schlimmer! Schmerz wird Euch eine lange Zeit begleiten."

Wütend gab Reichert zurück: „Der Wolf hat hier in meinem Revier nichts verloren! Wenn er Euch so teuer ist, sorgt dafür, dass er verschwindet. Falls ich ihn finde, werde ich ihn erlegen! Hier in diesem Wald treibt keine Bestie ihr Unwesen!"

Wodan richtete sich auf und sein Gesicht verzerrte sich unheimlich im Schein des Feuers. „Wölfe sind keine Ungeheuer und sie haben ein Anrecht auf ihr Leben!"

Der Förster zuckte mit den Schultern. „Da habe ich aber ganz andere Dinge gehört! Sogar bis hinunter ins Dorf ist er gelaufen und hat die Dorfbewohner in Angst und Schrecken versetzt."

„Hat er jemanden angefallen oder verletzt?"

Obwohl Wodans Miene nichts Gutes verhieß, wollte Reichert nicht klein beigeben. „Darum geht es nicht. Ich sorge dafür, dass unsere Kinder fröhlich spielen können und ohne Angst, von einem wilden Tier angefallen zu werden."

„Habt Ihr je mit einem Dorfbewohner oder einem Kind gesprochen, das von einem Wolf verletzt wurde?"

„Nein", gab Reichert widerstrebend zu, „bisher habe ich noch mit niemandem gesprochen, dem solches widerfuhr."

„Seht Ihr!"

„Aber", erwiderte Reichert, „ich werde nicht warten, bis es geschieht! Ich werde vorher alles tun, um dies zu verhindern!"

„Und darum wollt Ihr ein unschuldiges Tier töten? Das niemandem etwas zuleide getan hat?"

„Wölfe sind keine unschuldigen Tiere, sondern Bestien, die Menschen anfallen!"

„Ihr seid viel dümmer, als ich dachte!"

Wütend sprang Reichert nun auf. „Wie könnt Ihr es wagen, mich zu beleidigen? Ihr solltet mich besser verlassen, bevor ich meine Geduld verliere!"

Wodan hob den Kopf und begann zu lachen. „Ihr habt nicht die geringste Ahnung, wer ich bin, nicht wahr? Nun, ich habe nicht vor, länger Eure Gastfreundschaft in Anspruch zu nehmen." Mahnend machte er einen Schritt nach vorne. „Doch lasst Euch gesagt sein: Wenn Ihr meine Warnung missachtet, werdet Ihr für Euer Handeln bestraft werden."

Bei seinen letzten Worten hoben die beiden Raben ihre Flügel und schlugen sie kreischend hin und her.

„Eure Drohungen könnt Ihr Euch sparen! Wenn ich ihn finde, werde ich ihn erlegen!

Gleichgültig, ob es Euch gefällt oder nicht! Ich dulde in dieser Gegend keine Wölfe, die sich in die Nähe unserer Häuser und Höfe wagen!“

„Nun“, Wodan zog sich seinen Umhang fester um die Schultern, „es wird noch Wölfe in den Wäldern um die Kasselburg geben, wenn sich niemand mehr an Euch und Eure Familie erinnert.“

„Ich töte jeden Wolf, der sich in diesen Forst wagt!“ Aufgebracht nahm Reichert ein Stück Holz und warf es in die Flammen.

„Ihr solltet nicht so dumm sein und Wodans Worte missachten.“ Wodans Stimme war so schneidend, dass Reichert gerne die Ohren verschlossen hätte. „Denn ich werde jeden bestrafen, der meinen Freunden ein Leid zufügt.“

„Nur zu!“, schrie Reichert ihm entgegen, „ich habe keine Angst vor Euch!“

Wodans Lachen schien aus jedem Winkel des Waldes zu kommen, und Reichert hob seine Armbrust. Doch plötzlich war der Fremde verschwunden. „Wo seid Ihr?“

Außer Karos Atmen war nichts mehr zu hören. Auch die Fußabdrücke, die er vor ein paar Minuten noch im Gras gesehen hatte, waren nicht mehr zu sehen.

„Seid Ihr so feige, dass Ihr einfach verschwindet?“, schrie Reichert in die Dunkelheit. Doch nichts war mehr zu hören. Es schien fast, als käme kein Laut mehr aus dem Wald.

Mit einem Ruck wachte Reichert auf und sprang auf die Füße. Neben ihm hob sein Hund Karo den Kopf und sah ihn verschlafen an. Erleichtert legte er sich wieder hin. Er hatte all dies nur geträumt. Müde rieb er sich die Augen und versuchte, wieder einzuschlafen. Doch sein Traum ließ nicht mehr ab von ihm, und er blieb bis zu den ersten Sonnenstrahlen nachdenklich im Gras liegen. Jetzt, bei hellem Tageslicht, kam ihm alles noch viel unwirklicher vor. Wer gab schon sein Augenlicht her, um aus der Quelle der Weisheit zu trinken? Und dann die zwei Raben ... Nein, dachte er. Das war alles nur ein wilder Traum gewesen.

Nachdem er seinen Beutel geschnürt hatte, machte er sich wieder auf den Weg. Je länger er unterwegs war, umso mehr vergaß er den seltsamen Traum und richtete seine Gedanken auf die Suche nach dem Wolf.

Gegen Mittag erreichten sie eine große Lichtung, und der Hund blieb plötzlich stocksteif stehen. Reichert spannte einen Pfeil in seine Armbrust. Karo, der neben ihm stand, stellte alle seine Nackenhaare hoch und knurrte.

„Still“, flüsterte Reichert und zielte in die Richtung, in die Karo starrte.

Da trat er aus dem Wald! Er war viel größer als all die Wölfe, die Reichert bisher gesehen hatte. Sein Fell glänzte wie Metall in der Sonne und sein Blick schien Reichert zu durchbohren.

Reichert konnte sich des Gefühls nicht erwehren, dass der Wolf ihm in die Seele schaute. Ja, es schien fast, als würde er auf seinen Schuss warten. Der Förster wurde unsicher. Was war, wenn die Geschichten der Dorfbewohner falsch waren und der Wolf tatsächlich niemand etwas zuleide tat?

Mit einem Male sah er seinen Sohn August vor sich und stellte sich vor, wie er von dem großen Wolf angegriffen würde.

„Nein!", schrie Reichert auf. Niemals durfte seinen Söhnen etwas geschehen! Schnell legte er die Waffe an und schoss.

In dem Augenblick, da der Pfeil seine Armbrust verließ, stieß der Wolf einen markerschütternden Schrei aus. Und erst als er tödlich getroffen zu Boden sank, verstummte er.

Reichert ließ die Armbrust sinken und spürte, dass er die ganze Zeit die Luft angehalten hatte. Keuchend wischte er sich über das Gesicht und sah zu dem toten Wolf hinüber.

Da brach ein wildes Getöse über ihn herein. Der Himmel verdunkelte sich, und Schreie hallten über die Bäume hinweg. Er starrte ungläubig in den dunklen Himmel. Es hörte sich an, als würde ein Heer von wilden Reitern am Firmament galoppieren und dabei unmenschliche Laute ausstoßen. Auch Hundegebell, Wagenrasseln und Katzengeschrei mischten sich in das laute Stampfen. Erschrocken kniete er sich auf den Boden und legte schützend seinen Arm um Karo, der zitternd und jaulend neben ihm kauerte. Über ihm verdunkelte sich der Himmel immer mehr, und in den Wolken bildete sich ein Gesicht. Reichert kniff die Augen zusammen, um das Bild besser erkennen zu können. Da gefror ihm das Blut in den Adern. Das Gesicht gehörte dem Mann aus seinem Traum. Fassungslos beobachtete er, wie die Fratze über ihm wutverzehrt den Mund öffnete und dessen Lippen sich zu einem markerschütternden Schrei formten.

Reichert hatte das Gefühl, ihm würde der Kopf platzen. Stöhnend hielt er sich die Ohren zu. Jede Faser seines Körpers schien von dem Schrei erfasst zu werden, und er glaubte, es würde ihn zerreißen. Dann plötzlich war der Spuk vorbei.

Erschöpft blieb er auf dem Boden liegen und starrte in den wolkenlosen Himmel. Sein Körper schmerzte, als wäre er lange geschlagen worden. War das die Bestrafung? Sollte er körperliche Höllenqualen erleiden, weil er den Wolf erschossen hatte? Mühsam richtete er sich auf und sah zu der Stelle hinüber, wo der Wolf lag.

Doch was war das? Von dem Wolf fehlte jede Spur! Mit einem Satz sprang er auf die Füße, und sofort schossen ihm die Tränen in die Augen, da jede Bewegung eine Pein war. Doch er musste erfahren, wo der Wolf war. Plötzlich stieß ihn von hinten etwas an. Erschrocken drehte er sich um und sah Karo, der schwanzwedelnd vor ihm stand.

„Was ist hier nur los?"

Langsam ging er auf die Lichtung und sah sich um. Er konnte weder Blut noch einen anderen Hinweis darauf finden, dass er den Wolf erschossen hatte.

„Doch ich habe ihn ganz bestimmt getroffen", sagte er zu sich.

Müde wischte er sich über sein Gesicht. Falls der Wolf den Schuss überlebt hatte und geflohen war, müsste eine Blutspur zu sehen sein. Doch nichts, aber auch gar nichts konnte er finden. Daher beschloss er, den Heimweg anzutreten. Zögernd verließ er die Lichtung. Obwohl er wusste, dass der Wolf nicht mehr hier war, sah er immer wieder zu dem Ort zurück, wo er ihn hatte fallen sehen.

Auf dem Heimweg versuchte er, die Geschehnisse, die ihm in den letzten Stunden widerfahren waren, zu verstehen. Der Fremde am Feuer, das Verschwinden des Wolfes und natürlich das Getöse am Himmel. Hatte sich all dies wirklich ereignet? Wie zur Bestätigung pochte der Schmerz in seinem Kopf heftiger, und Reichert musste stehen bleiben. Ja, es war geschehen! Auch wenn er es nicht glauben konnte.

Endlich erkannte er die Kasselburg am Horizont und bald war er zu Hause.

Kaum hatte er das Burgtor erreicht, da hörte er seine Frau schon herzzerreißend weinen. So schnell ihn seine müden Füße trugen, lief er in den Hof, wo sie schluchzend auf der Treppe saß.

„Was ist geschehen?", rief er ihr angsterfüllt entgegen.

Seine Frau hob den Kopf, sprang auf und stürmte auf ihn zu. „Oh Reichert", weinte sie, „unser Sohn August ist fort."

„Was sagst du da, Frau? Wo sollte August sein, wenn nicht hier, bei seiner Familie?"

„Oh doch, er ist fort", beteuerte seine Frau unter Tränen, „heute Morgen erklang draußen plötzlich ein lautes Geschrei, und der Himmel verdunkelte sich. Wir liefen ins Haus. Doch August blieb an der Tür stehen und starrte in die Dunkelheit. Ich bat ihn, hereinzukommen und die Tür zu schließen. Doch er hörte nicht auf mich und lief zurück in den Hof. Ich schrie und wollte ihm folgen. Doch als ich die Tür erreichte, schlug sie mit einem lauten Knall zu, und ich konnte sie nicht mehr öffnen. Sofort lief ich zum Fenster und sah noch, wie August mit einem seltsamen Mann sprach."

Reichert konnte nicht glauben, was er da hörte. „Er ist mit dem fremden Mann mitgegangen?"

„So ist es", schluchzte seine Frau und vergrub ihr Gesicht an seiner Brust, „August lachte sogar und spielte mit einem schwarzen Vogel, der auf der Schulter des Mannes gesessen hatte. Der unheimliche Fremde kam zu mir ans Fenster und sagte zu mir, dass dies der Preis wäre, den du zu zahlen hättest."

„Der Preis?"

„Ja", weinte seine Frau, „der Preis der Wahrheit."

„Nein!", schrie Reichert auf.

Er suchte jeden Winkel nach seinem Sohn ab. Sogar bis hinunter ins Dorf lief er und fragte jeden, der seinen Weg kreuzte, nach August. Doch niemand hatte ihn gesehen. Nur eine alte Bäuerin erzählte ihm von einem Wagen, der in die Weiten des Himmels geflogen zu sein schien. Darauf hatte ein kleiner Junge gesessen, der August ähnlich sah und der mit zwei Raben gespielt hätte.

August wurde nicht mehr gesehen. Der verzweifelte Reichert verließ mit seiner Familie die

Kasselburg und kehrte nie wieder zurück. Heute erinnert sich niemand mehr an die Geschichte von dem kleinen August, der mit Wodan verschwand. Doch Wodans Weissagung, dass es wieder Wölfe an der Kasselburg geben würde, hat sich bewahrheitet. Wer sich davon überzeugen will, der möge das schöne Wolfsgehege am Fuße der Burg besuchen.

Hof Waltersburg

Im Jahre 1612 ereigneten sich in der Gegend um das Dorf Winkel bei Gillenfeld oft seltsame Dinge. Schreckliche Geräusche schallten durch die Nacht, unheimliche Lichter leuchteten am Himmel, und Menschen und Tiere verschwanden auf unerklärliche Weise.

Zu dieser Zeit lebte der Hofmann Matthias Loge mit seinem Sohn und dessen Frau auf dem Hof Waltersburg unweit des Dorfes. Loge war ein wohlhabender Bauer, der vielen Dorfbewohnern unheimlich erschien. Manche glaubten sogar, dass er für alles Unglück verantwortlich war. Schließlich kam er nur sehr selten ins Dorf und hatte noch nie einen Fuß in die Kirche gesetzt. Aber es handelte sich dabei nur um Vermutungen, und niemand hatte den Mut, diese laut auszusprechen.

Trotz alledem war eine Anstellung als Knecht oder Magd auf dem Hof Waltersburg sehr begehrt. Der Lohn war gut und der Sohn des Hofmanns Loge ein freundlicher Mensch, mit dem jeder gut auskam. Da dieser den Hof allein führte, hatten die Knechte Franz und Heinrich nicht sonderlich viel mit dem alten Bauern zu tun.

„Nein!"

Franz richtete sich auf und rieb sich die Augen. Die Luft um ihn herum schien sanft zu leuchten. War er noch in seinen Träumen gefangen?

„Lasst mich los!" Die angsterfüllte Stimme Heinrichs riss ihn nun vollends aus seinem Schlaf.

„Hilfe! Hört mich denn keiner?"

Dunkles, gehässiges Lachen übertönte Heinrichs Stöhnen. „Schrei nur!"

Franz rutschte langsam von seinem Lager, schob das Stroh zur Seite und lugte vorsichtig durch den Bodenspalt hinunter in den Stall. Dort sah er den alten Bauern, dessen Arme Heinrich, den anderen Knecht, fest umschlungen hielten. Dabei ging von den Augen des Alten ein gespenstisches Licht aus, das den ganzen Raum erfüllte.

„Ach, daher kommt das seltsame Leuchten", dachte Franz bei sich.

„Nun ist deine Zeit gekommen!" Die Stimme des Hofmanns klang so böse, dass es Franz kalt den Rücken hinunterlief.

„Was wollt Ihr von mir? Hilfe!"

„So ist es gut. Schrei nur weiter. Dann kommt der andere von ganz alleine, und ich muss ihn nicht holen."

Erschrocken hob Franz den Kopf. Sein Herz begann zu rasen, und ein ungutes Gefühl machte sich in seiner Magengegend breit. Was hatte der alte Bauer vor? Sollten die wüsten Geschichten, die er über ihn gehört hatte, am Ende doch wahr sein?

„Nein!", schrie Heinrich wie von Sinnen. „Ihr seid des Teufels!"

Unheimliches Gelächter erfüllte den ganzen Stall. „Du bist doch gar nicht so dumm, wie ich dachte!"

Franz hielt sich die Ohren zu. Er wusste nicht, was schlimmer für ihn war, Heinrichs Schreie oder des Hofmanns teuflisches Gelächter.

Plötzlich hörte das Geschrei schlagartig auf. Verdutzt ließ Franz die Hände sinken. Gespenstische Stille erfüllte den Stall, und Franz schaute wieder hinab. Er brauchte viele Sekunden, bis er verstand, was er da sah: Von Heinrich fehlte jede Spur, und stattdessen lag ein braunes Pferd vor Loge auf dem Boden.

Der unheimliche Alte bückte sich und zog an der Mähne des Pferdes. Sofort sprang dieses auf die Beine und begann wild um sich zu treten. Der Hofmann Loge sprang fluchend zur Seite.

„Verdammt! Anneliese!", schrie er nach seiner Schwiegertochter. „Hilf mir mit dem Gaul", tobte er und versuchte den wütenden Tritten zu entgehen, „er wird mich sonst noch verletzen!"

Plötzlich bemerkte Franz die Bäuerin Anneliese, die aus der Ecke trat. Langsam näherte sie sich dem tobenden Pferd und versuchte seinen Hals zu fassen. Doch es biss und trat nach ihr.

„Ich kann ihn nicht bändigen", hörte er sie sagen.

„Wenn er mich doch nur anschauen würde", schimpfte der alte Hofmann, und das Leuchten seiner Augen wurde noch stärker, „dann wäre er mein!"

Franz wandte sich ab und verkroch sich in der hintersten Ecke des Schobers. Er zitterte am ganzen Körper und fürchtete, den Verstand zu verlieren. Wie sollte er nur begreifen, was dort unten vor sich ging?

„Ich schaffe es nicht", drang Annelieses Stimme an sein Ohr, „warum holen wir nicht den Franz? Wenn er getreten wird, soll es uns egal sein."

Franz hielt den Atem an. Er saß hier oben in der Falle. Es gab nur einen einzigen Weg hinaus, und der führte über die Leiter. Was sollte er nur tun?

„Nein", antwortete Hofmann Loge, und Franz verspürte für diesen Moment eine gewisse Erleichterung, „ich schaffe es alleine. Allerdings ist es hier im Stall zu eng. Ich möchte nicht, dass einer von uns verletzt wird. Den anderen Knecht holen wir uns später. Mach das Tor auf und lass dieses tollwütige Biest hinaus. Es wird es noch bereuen, sich meinen Befehlen widersetzt zu haben."

Rasende Furcht ergriff Franz. Sein Blut geriet immer mehr in Wallung. Jeder Atemzug schien seine Brust zu zerreißen, und Übelkeit kam in ihm hoch. Wenn er nicht schleunigst handelte, würde er wie sein Freund enden.

Obwohl seine Beine schwer wie Blei waren, kroch er zur Leiter. Aufgewühlt beobachtete er, wie Anneliese das Stalltor aufstieß. Dabei vermied er jede Bewegung.

Kaum hatte sich das Tor geöffnet, sprang das Pferd hinaus in den Hof.

„Nun nichts wie hinterher!"

Als Franz des Hofmanns Stimme vernahm, sah er ihn auch schon aus dem Stall schreiten. Das Strahlen seiner Augen fraß sich in die dunkle Nacht, und nach ein paar Sekunden war der ganze Hof erhellt.

Das Tor stand noch immer offen, und ohne lange nachzudenken, kletterte Franz die Leiter hinab. Mittlerweile war es im Stall wieder stockdunkel, und er konnte kaum die Sprossen der Leiter erkennen. Wildes Wiehern erinnerte ihn an die grausige Gefahr, in der er schwebte. So schnell er konnte, rannte er hinaus in die Nacht.

„Nur weg von dem gespenstischen Licht", dachte er und hastete am Stallgemäuer entlang aufs freie Feld. Dabei bohrte sich mit jedem Schritt ein höllischer Schmerz in seine Seite. Doch seine Beine liefen immer weiter. Die Erinnerung an das, was er eben in dem Stall gesehen hatte, ließ ihn jede Pein ertragen.

Endlich hatte er den Waldrand erreicht. Erschöpft lehnte er sich an einen Baum und versuchte, zu Atem zu kommen.

Ein dröhnendes Geräusch ließ ihn zusammenfahren. Es war laut, und er wusste nicht, woher es stammte. Erst als ein Licht durch die Bäume strahlte, wurde ihm klar, was es war. Geschwind kroch er unter einen Ginsterbusch und hielt ängstlich den Atem an.

„Ich weiß, dass er hier irgendwo ist!" Die Stimme des alten Loge war hart wie ein Faustschlag. „Ich kann ihn riechen."

„Er kann überall sein", erwiderte Anneliese.

Franz konnte sie nicht sehen. Doch er nahm an, dass sie auf dem Pferd saßen. „Vielleicht liegt er auch irgendwo auf dem Hof und schläft."

„Wenn er auf dem Hof gewesen wäre, hätte ich ihn gefunden", hörte er den Hofmann antworten.

„Das weiß ich", lachte Anneliese, „doch ich will nicht mehr warten! Komm und lass uns zurückreiten. Die Nacht ist so schnell vorbei!"

Franz blieb mucksmäuschenstill liegen und hoffte, dass der Hofmann Annelieses Wunsch nachkam. Doch was war, wenn er dies nicht tat? Franz wollte den Gedanken nicht zu Ende denken.

Es dauerte einige Minuten, bis er begriffen hatte, dass alles um ihn herum ruhig geworden war. Vorsichtig richtete er sich auf. War er auch wirklich alleine? Knackte es dort nicht im Unterholz?

Nach einiger Zeit beschloss er, sein Versteck zu verlassen. Zurück konnte er nicht. Aber was sollte er tun? Einfach verschwinden und das Ganze vergessen?

Plötzlich wurde er herumgerissen.

„Nein!", schrie Franz mit geschlossenen Augen wie von Sinnen in den dunklen Wald hinein, „Ihr werdet mich nicht verwandeln!"

„Was hat das zu bedeuten? Steht auf und erklärt mir, was Ihr hier zu dieser Stunde im Wald zu schaffen habt!"

Franz verharrte regungslos, und sein Herz schien stehen zu bleiben – jedoch war ihm die Stimme unbekannt. „Seid Ihr stumm? Los, sprecht! Sonst werdet Ihr es noch bereuen!"

Schließlich gehorchte Franz. Er senkte die Arme und starrte auf die Stiefel des Mannes, der direkt vor ihm stand. Er wagte es nicht, dem Unbekannten in die Augen zu sehen.

„Woher weiß ich, dass ich Euch vertrauen kann?"

Franz bekam ein tiefes Schnaufen zur Antwort. „Ihr seid ziemlich unhöflich. Wisst Ihr nicht, wen Ihr vor Euch habt?"

Franz schüttelte stumm den Kopf und vermied es weiterhin, seinem Gegenüber in das Gesicht zu sehen.

„Dann solltet Ihr den Kopf heben und mir in die Augen blicken!"

„Nein!" rief Franz.

Der Mann schwieg einen kurzen Augenblick, und Franz fragte sich, was er nun tun würde. „Ich bin Ludwig Zandt von Merl", antwortete der Mann, „mein Pferd scheute vor einem nächtlichen Reiter und warf mich ab. Nun bin ich gezwungen, zu Fuß ins Dorf zu gehen."

„Mein Name ist Franz Beller und ich arbeite auf Hof Waltersburg. Bitte entschuldigt meine Unhöflichkeit. Doch ich habe diese Nacht schreckliche Dinge gesehen und bin nur knapp meinem Untergang entronnen."

„Berichtet mir."

Franz holte tief Luft und begann zu erzählen. Der andere hörte ihm aufmerksam zu und unterbrach ihn kein einziges Mal. Erst als Franz innehielt, hörte er, wie er einen lauten Zischlaut von sich gab.

„Und Ihr sagt, er verwandelte den Knecht mit der Kraft seiner Augen?"

„Ja, mein Herr. Sie leuchteten unheimlich in der Dunkelheit, und ich hörte auch, wie er sagte, dass er Heinrich in die Augen sehen müsse, um ihn zu bändigen."

Franz hob den Kopf und versuchte zum ersten Mal, das Gesicht des Fremden zu ergründen. Ein unheilvolles Leuchten ließ seinen Atem stocken.

„Du hast also alles gesehen!" grinste Hofmann Loge. „Dann weißt du ja, was dir jetzt bevorsteht."

„Nein!" schrie Franz und wandte den Kopf ab, unfähig, sich zu bewegen.

Die Antwort war ein dämonisches Lachen. Dann sprach der böse Bauer: „Hast du wirklich geglaubt, ich lasse dich entkommen? Niemand, der meine Künste kennt, darf am Leben bleiben."

Franz versuchte fortzulaufen, doch seine Füße versagten ihren Dienst, waren wie am Boden festgewachsen.

„Du entkommst mir nicht! Daher solltest du deinen Widerstand endlich aufgeben!"

„Hofmann Loge!"

Der Alte wirbelte herum. Aus den Augenwinkeln erkannte Franz, wie die Bäuerin Anneliese vom Pferd fiel. Kaum hatte der Hofmann seine Augen von ihm abgewandt, fiel die Starre von Franz ab. Sofort rannte er los. Dornen rissen an seiner Hose und Äste peitschten ihm in das Gesicht, doch er merkte es kaum. Die Angst trieb ihn immer weiter. Da spürte er eine Bewegung neben sich. Er schrie vor Entsetzen. Hatte ihn Hofmann Loge bereits wieder eingeholt?

Etwas Weiches stieß ihn an, sodass er fast das Gleichgewicht verlor. Von Furcht gepeinigt, blieb er stehen. Neben ihm stand ein Pferd. Dann waren die beiden Bösewichte sicher auch nicht weit. Unruhig sah er sich um. Dann endlich erkannte er das Ross.

„Bist du es, Heinrich?", flüsterte Franz und strich ihm über die Mähne, „was hat er nur mit dir gemacht?"

Zur Antwort stupste ihn das Pferd abermals an.

„Was willst du von mir? Ich kann dir doch nicht helfen."

Heinrich schüttelte leicht seinen Kopf und drängte sich an ihn.

„Ich soll aufsteigen?" Franz sah seinen verwandelten Freund erstaunt an.

Dieser blieb ganz still stehen, und Franz beschloss, der Aufforderung nachzukommen. Vielleicht war dies wirklich die beste Lösung. So hatte er immerhin eine gewisse Aussicht, dem teuflischen Bauern zu entkommen.

„Dann bring mich, so schnell du kannst, ins Dorf, mein Freund", flüsterte Franz dem Pferd ins Ohr, „der Herr Pfarrer kann dir sicher helfen."

Da erklang hinter ihnen ein wütender Schrei. „Bleibt sofort stehen!“

Kaum hatte das Pferd des Hofmanns Stimme gehört, da preschte es los.

„Das wirst du mit deinem Leben bezahlen!“, donnerte des Hofmanns unheimliche Stimme hinter ihnen her. Doch schon galoppierten sie in rasender Geschwindigkeit in Richtung des Dorfes Winkel.

Auf dem Weg schossen Franz tausend Gedanken durch den Kopf. Was war, wenn der Hofmann sie doch noch einholte? Wie sollte er seinem Freund zu seiner ehemaligen Gestalt zurückverhelfen? Sollte er am Morgen einfach verschwinden? Oder doch den Kampf gegen den bösen Hofmann Loge aufnehmen, damit dieser kein Unheil mehr anrichten konnte?

Als der Kirchturm im Mondlicht auftauchte, wunderte sich Franz, wie schnell sie das Dorf erreicht hatten.

Der verwandelte Heinrich wurde immer langsamer, und Franz fühlte, dass er sich kaum noch auf den Beinen halten konnte.

„Nur noch bis zum Pfarrhaus“, sprach er beruhigend, „dann sind wir in Sicherheit, und du kannst dich ausruhen.“

Zur Antwort bekam er ein leises Schnauben.

Kaum hatten sie die Kirche erreicht, sprang Franz vom Rücken des Pferdes und rannte die Treppenstufen zum Pfarrhaus hinauf. Ungestüm klopfte er an die Tür.

„Macht auf, Herr Pfarrer! Ich brauche Euch!“

Nach ein paar Minuten öffnete sich die Tür, und das verschlafene Gesicht des Pfarrers erschien.

„Warum machst du zu nächtlicher Stunde solch einen Lärm?“

„Mein Freund braucht dringend Eure Hilfe“, antwortete Franz und zeigte auf Heinrich. Dieser stand schwer atmend mit hängendem Kopf am Fuße der Treppe.

„Ein Pferd?“

„Nein, Herr Pfarrer. Dies ist mein Freund Heinrich. Er wurde diese Nacht von dem Hofmann Loge in ein Pferd verwandelt. Mich hätte das gleiche Schicksal ereilt, wenn mich Heinrich nicht gerettet hätte.“

„Hast du zu tief ins Glas geschaut? Ich glaube dir kein Wort. Geh nach Hause und schlaf deinen Rausch aus!“

„Nein, bitte, ich bin nicht betrunken!“

Der Pfarrer schüttelte den Kopf und wollte die Tür schließen. In diesem Moment erklang ein jämmerliches Wiehern. Franz drehte sich um und sah, wie sein Freund schwankte.

„Nein!“, schrie er auf und rannte los. Doch er kam zu spät. Als er die unterste Stufe erreicht hatte, war Heinrich bereits zu Boden gestürzt.

„Heinrich, steh auf“, schluchzte Franz und sank in die Knie. Vorsichtig zog er den Pferdekopf auf seinen Schoß.

„Du musst stark sein. Wir sind doch nicht so weit gekommen, um nun am Ende doch noch eine Niederlage zu erleiden!"

Heinrich sah ihn mit traurigen Augen an. Er wieherte noch ein letztes Mal, dann hörte sein Herz auf zu schlagen.

„Nein", wimmerte Franz und vergrub sein Gesicht in der dichten Mähne seines Freundes. Tränen strömten über sein Gesicht, und er ließ seinem Kummer freien Lauf.

Da plötzlich fühlte Franz eine Veränderung. Die Mähne verschwand und im nächsten Augenblick lag Heinrich in seiner menschlichen Gestalt unter ihm.

„Bei allen Heiligen ..."

Franz hob den Kopf und sah in das erstaunte Gesicht des Pfarrers. „Du hast also wirklich die Wahrheit gesprochen!"

Franz wischte sich über die Augen. Stumm sah er zu dem Kirchenmann empor, der ein Kreuz schlug, selbst völlig regungslos in seinem Erstaunen.

„Das ist Teufelswerk", murmelte er und zeigte zu Franz' Füßen.

Er blickte in das Gesicht seines Freundes Heinrich, wie er es seit Langem gekannt hatte. Jetzt, da er tot war, hatte Heinrich sich zurückverwandelt.

Noch am selbigen Tage wurde ein Gerichtsbote mit den Schöffen auf den Hof geschickt. Da man von Franz wusste, dass der Blick des Bauers gefährlich war, wurde Hofmann Loge noch auf dem Hof geblendet. So verlor er seine Macht und konnte mit seiner Schwiegertochter nach Wollmerath gebracht werden. Dort wurden sie schließlich nach drei Verhandlungstagen auf dem Scheiterhaufen verbrannt.

Ein Jahr später tauchte zum ersten Mal wieder jenes unheimliche Licht auf dem Hof auf, das demjenigen, der es sah, großes Unglück zu bringen vermochte. Loges Sohn verschwand eines Tages und der Hof verfiel. Nur das unheimliche Leuchten am Todestag des Hexers Loge ist bis heute geblieben.

Der bekehrte Graf von Gerolstein

Auf einer Anhöhe inmitten des Städtchens Gerolstein stand einst eine stattliche Burg. Sie war im Besitz des Gerolsteiner Grafen und wurde Jahr für Jahr von vielen Menschen von nah und fern aufgesucht. Nicht das Grafengeschlecht oder die Burg zog die Leute an, sondern ein einfacher Kreuzaltar, der als Wallfahrtsort diente. Viele Jahrhunderte störte sich keiner der Grafen an jenen Pilgern, denn diese betraten nie den Burgbereich. Doch eines Tages sollte sich das ändern.

Missmutig stand der Graf von Gerolstein am Fenster und beobachtete die Menschenmenge, die langsam den Berg hinaufschritt. Er wusste genau, wo ihr Weg sie hinführte. „Gott!", spie er ihnen entgegen, „wo ist Er denn, wenn man ihn braucht?" Obwohl er wusste, dass sie ihn nicht hören konnten, erhob er seine Stimme und reckte den Pilgern die Faust entgegen. „Es wird Zeit, dass ihr endlich begreift, dass es oben im Himmel niemand gibt, der euch hilft."

„Was erzürnt Euch so, mein Gemahl?", erklang die Stimme seiner Frau, die den Raum betreten hatte, „Eure wütenden Worte sind bis in alle anderen Gemächer zu hören."

„Jene da!“, erwiderte er schnaubend und zeigte hinaus zu den Pilgern. „Jedes Jahr laufen sie zu diesem Stein und beten für Wunder. Obwohl sich noch nie ein solches ereignet hat. Diese sinnlose Frömmigkeit verärgert mich.“ Er hielt kurz inne und sah abermals hinaus. „Ich werde hinuntergehen und ihnen sagen, dass sie ihre Zeit besser nutzen sollten.“

„Oh bitte! Lasst den Leuten doch ihren Glauben! So können sie ihr Leid viel besser ertragen.“

„Unsinn! Sie sollen endlich der Wahrheit ins Auge sehen. Es gibt keinen Gott, der ihre Schwierigkeiten aus dem Weg zu räumen vermag! Sie müssen endlich lernen, ihr Schicksal selber in die Hand zu nehmen. Kommt und begleitet mich. Dann werdet Ihr sehen, dass ich Recht daran tue, den Menschen die Augen zu öffnen.“ Der Graf ging zu Tür. Dabei drehte er sich nochmals um. „Und nehmt unseren Sohn mit. Dann kann ich es ihnen sogar beweisen!“

Ohne auf die Antwort seiner Gemahlin zu warten, schritt er die Treppe hinunter und verließ die Burg. Dabei sann er darüber nach, wie er vorgehen sollte. Den Pilgern einfach den Zutritt zum Burgberg verweigern? Schließlich war es sein Grund und Boden. Oder den Menschen klarmachen, dass es keinen Gott gab?

„Wartet, mein Gemahl“, riss ihn die Stimme seiner Frau aus seinen Gedanken, „wir wollen Euch doch begleiten.“

Der Graf blieb stehen und sah seiner Frau entgegen, die schnellen Schrittes auf ihn zukam. Hinter ihr eilte eine Dienerin heran, die ihren Sohn Karl auf dem Arm trug. Als der Graf das Gesicht seines Kindes sah, ergriff ihn tiefe Traurigkeit. Er wusste nicht mehr, wie viele Heiler sie in den vergangenen Jahren aufgesucht hatten. Keiner konnte ihnen sagen, warum Karl mit seinen sechs Jahren weder laufen noch sprechen konnte und keinerlei Anteil an seiner Umgebung nahm.

Schweren Mutes wandte er sich ab und wartete schweigend, bis seine Gemahlin und die Dienerin neben ihm standen. Er konnte den leeren Blick Karls nicht lange ertragen.

Obwohl der Kreuzaltar bereits von unzähligen Pilgern umringt war, strömten immer mehr Menschen den Berg hinauf. Langsam schritten sie auf den Priester zu, der neben dem Kreuzaltar stand und ihnen seinen Segen aussprach.

„Der Herr Graf und seine Gemahlin“, ging es durch die Menge, und es bildete sich eine Gasse. Einige Pilger verneigten sich vor dem edlen Paar. Doch der Graf würdigte sie keines Blickes. Er hatte nur Augen für den Priester.

„Gott ist mit Euch und...“, rief dieser mit einer dunklen, wohlklingenden Stimme in die Menge und breitete die Arme aus.

„Wenn Euer Gott“, unterbrach der Graf den Priester unwirsch, „so gütig und barmherzig ist, warum straft Er dann unschuldige Seelen, die nichts verbrochen haben?“

Der Priester wandte sich dem Grafen zu, und ein Lächeln huschte über sein Gesicht.

Der Graf spürte, wie seine Laune sich weiter verschlechterte.

„Gottes Wege sind unergründlich", antwortete der Priester freundlich, „doch der, der Buße tut und seine Sünden bereut, wird vom Herrn erhört!"

„Wenn man Euch hört, könnte man meinen, Euer Gott wäre ein Dummkopf!"

Ein Raunen ging durch die Menschenmenge, und die Gräfin zog an seinem Ärmel.

„Bitte hört auf", flüsterte sie.

Doch der Graf schüttelte sie ab und machte abermals einen Schritt auf den Priester zu. „Wie gut, dass ich nicht an Euren Gott glaube. Denn wenn ich es täte, würde ich ihn hassen!"

„Ihr versündigt Euch", flüsterte eine alte Frau. Der Graf musterte sie schweigend, bevor er sich wieder dem Priester zuwandte.

„Nun, heiliger Mann," der Graf sah den Priester herausfordernd an, „erklärt mir, wie Er von einem kleinen Jungen Buße für Sünden verlangen kann, wenn dieser noch nicht einmal weiß, was Sünde überhaupt ist!"

Der Priester sah den Grafen lange schweigend an und antwortete schließlich: „Vielleicht liegt es an Euch!"

Der Graf entgegnete ungehalten: „Wie? Ihr sagt, es liegt an mir? Ihr wollt mit allem Ernst sagen, Euer Gott bestraft ein unschuldiges Kind für mein Vergehen? So etwas Dummes habe ich noch nie gehört! Es ..."

„Karl!" Der Aufschrei der Dienerin ließ den Grafen innehalten. „Karl, hör auf", schimpfte die Dienerin, „sonst kann ich dich nicht mehr halten!"

Der Graf drehte sich um und sah, wie sein Sohn wild mit seinen dünnen Beinchen strampelte und sich hin und her wandt.

„Setzt ihn zu Boden, bevor er fällt!", herrschte er die Dienerin an.

Die Dienerin beeilte sich, seinem Befehl nachzukommen.

Der Graf wandte sich wieder dem Priester zu, als Karl einen lauten Schrei ausstieß. „Au!"

Mit einem Schritt war der Graf bei seinem Sohn, der verzweifelt versuchte, auf seinen dünnen Beinen zu stehen.

„Komm her, Karl", flüsterte er mit sanfter Stimme und griff nach dem Arm seines Sohnes, „ich helfe dir!"

Doch dieser begann wild zu schreien und wich seinem Vater aus.

„Karl, was hast du? Ich will dir doch nur helfen."

„Vielleicht kann ich ihm helfen!"

Der Graf sah, wie der Priester Karl freundlich anlächelte.

„Ihr?", donnerte er los, „wie könnt Ihr nur glauben, dass Ihr ..."

Da hielt er inne. Fassungslos beobachtete er, wie Karl dem Priester seine Arme entgegenstreckte und aufhörte zu weinen.

„So ist es brav, mein Junge“, redete der Priester beruhigend auf ihn ein, „nun sag mir, was du möchtest.“

„Mein Sohn kann nicht sprechen!“

Der Priester wandte sich dem Grafen zu und nickte. „Nun verstehe ich Eure Bitterkeit und vergebe Euch.“

Der Graf holte tief Luft, um den Streit fortzusetzen. Doch da trat seine Frau an seine Seite. „Bitte“, flüsterte sie und der Graf sah, dass sie Tränen in den Augen hatte, „ich kann Eure Worte nicht mehr ertragen.“

Stumm legte er den Arm um seine Gemahlin und betrachtete den Priester, der Karl etwas ins Ohr flüsterte.

„Seht nur!“ rief die Gräfin plötzlich und klammerte sich am Arm ihres Mannes fest.

Der Graf drückte ihre Hand und schwieg. Er vermochte es nicht, auch nur ein einziges Wort zu sagen. Sein Blick hing an seinem Sohn, der strahlend seine kleinen Hände dem Steinaltar entgegenstreckte. Er sah, wie der Priester Karl in die Höhe hob und vor dem Altar zu Boden gleiten ließ. Dabei sprach der Gottesmann die ganze Zeit leise auf ihn ein. Der Graf konnte nicht verstehen, was dieser sagte. Doch das war ihm auch nicht von Belang. Wichtiger war für ihn, dass sich sein Sohn beruhigt hatte und Gefallen an dem Steinaltar zu finden schien. Alle dumpfe Teilnahmslosigkeit des Jungen schien einem lebendigen Interesse und einer regen Munterkeit gewichen zu sein.

Der Graf schluckte, denn er spürte, wie ihm Tränen in die Augen traten. Beschämt beugte er sein Haupt und sank auf die Knie. „Danke, Gott“, flüsterte er leise.

Der Priester lächelte ihn schweigend an, und die Menge begann zu beten. Von diesem Tag an wurde aus dem Grafen ein gläubiger Mann. Jedes Jahr führte er mit seiner Familie die feierliche Prozession an. Denn seit dem Tage, als der kleine Karl den Steinaltar berührt hatte, veränderte er sich und lernte in kürzester Zeit Laufen und Sprechen. Der Graf vergaß nie, dass dies ein Geschenk Gottes war und spottete nie wieder über die Kraft des Allmächtigen.

Das versunkene Schloss

Es gab einmal eine Zeit, da stand dort, wo sich heute das Weinfelder Maar befindet, ein herrschaftliches Schloss. In dessen Gemäuern lebte der reiche Graf Reinhard, der im ganzen Land für seine Mildherzigkeit gerühmt wurde. Als nun der Tag kam, an dem der Graf heiratete, beglückwünschte ihn jeder zu seiner schönen Braut Amalia. Doch schon sehr bald musste er feststellen, dass sie zwar über alle Maßen schön war, jedoch in ihrem Herzen kalt und unbarmherzig. All die Menschen, die am Tor ihres Schlosses um ein Stücklein Brot oder eine kleine Münze baten, schickte sie fort und warf die Bissen, die von ihrem reichen Mahl blieben, lieber in den Schlossgraben, als sie den Bedürftigen zu gönnen. Der Graf bat sie um Barmherzigkeit und Mitleid mit den Armen. Doch sie lachte ihn nur aus und beschimpfte ihn als Schwächling. Das verletzte ihn tief, und so tat er ihr kund, dass er das Schloss verlassen werde. Indes wurde Amalia gewahr, dass sie ein Kind erwartete, und sie drohte ihm, es nach der Geburt zu töten, wenn er sie verließe. Daraufhin gab er sein Vorhaben auf in der Hoffnung, dass Amalia als Mutter ein weicheres Herz und ein sanfteres Gemüt haben werde. Doch gerade das Gegenteil trat ein: Nach der Geburt ihres kleinen Sohnes konnte es ihr niemand mehr Recht machen, und sie nutzte jede Gelegenheit, ihre Dienerschaft, ja auch ihren Mann selbst zu verletzen und zu demütigen. In der folgenden schweren

Zeit waren sein kleiner Sohn Heinrich und die Jagd die einzigen Freuden des Grafen.

Eines Tages ging Reinhard wieder einmal mit einigen seiner Männer auf die Jagd, galoppierte durch Wälder und über Wiesen und verfolgte stattliches Wild. Der Graf ritt, so schnell er konnte, und spürte, wie freudige Erwartung seinen Puls beschleunigte. Hier bei der Jagd konnte er für ein paar Augenblicke den Kummer vergessen, den ihm Amalia mit ihrer Hartherzigkeit und Unzufriedenheit bereitete. In diesen Augenblicken fühlte er sich endlich wieder so frei und glücklich wie vor ihrer Vermählung.

Plötzlich zuckten grelle Blitze über den Himmel, die von tiefem Grollen begleitet wurden.

„Herr, wir sollten umkehren!", schrie einer der Jäger des Grafen. „Es hat sich ein Unwetter zusammengezogen. Doch zuerst sollten wir uns unterstellen und warten, bis es vorbei ist!"

„Aber dann ist der Hirsch verschwunden", antwortete der Graf. „Er ist ganz in der Nähe, das fühle ich."

„Der Mann hat recht", mischte sich sein Vetter Bruno ein, „mit einem Gewitter ist nicht zu spaßen. Lasst uns einen Unterschlupf suchen. Den Hirschen könnt Ihr später erlegen."

Der Graf drosselte sein Tempo und seufzte. „Ihr wollt nicht weiterreiten, nicht wahr?"

„Reinhard, wenn Ihr schon nicht an Euer eigen Wohl denkt, dann denkt doch wenigstens an Heinrichens. Stellt Euch vor, Euch geschieht ein Unheil. Wer wird dann Euren Sohn schützen und zu einem ehrlichen Mann erziehen? Glaubt Ihr, Amalia wird das tun?"

„Ihr habt mich überzeugt, Herr Vetter. Wenn Ihr meint, das Gewitter sei zu gefährlich, dann lasst uns in der Tat umkehren."

„Nicht weit von hier steht eine Scheune", mischte sich der Stallmeister ein, „dort können wir uns sicher unterstellen."

Der Graf nickte seinen Männern zu, und sie ritten zurück. Kaum hatten sie ihre Pferde in der Scheune untergebracht, da brach das Unwetter mit aller Gewalt über sie herein. Blitz und Donner wechselten sich ohne Unterbrechung ab. Der Regen prasselte mit solch einem Getöse auf das Dach, dass sie kaum mehr ein Wort miteinander wechseln konnten.

Der Graf setzte sich in das Stroh und dachte an seinen Sohn, der sicherlich schreckliche Angst litt. Hoffentlich war Heinrich in diesem Moment nicht allein. Amalia empfand nur Gleichgültigkeit gegenüber ihrem Kind, sie war stets nur mit sich selbst und ihrer Schönheit beschäftigt.

„Man hat fast das Gefühl, die Welt geht unter!", schrie Bruno dem Grafen ins Ohr.

„Ja", gab Reinhard zurück, „solch ein schlimmes Unwetter habe ich noch nie erlebt! Ich hoffe, im Schloss sind alle Dinge im Lot und Heinrich geht es gut."

Bruno legte ihm freundschaftlich die Hand auf die Schulter. „Macht Euch nur keine Sorgen. Dem Kleinen geht es sicher prächtig. Wahrscheinlich liegt er in den süßesten Träumen."

Reinhard nickte ihm zu und schwieg. Er hoffte, sein Vetter behielte recht.

Nach ein paar Minuten endete das Gewitter plötzlich, und die Sonne kam wieder zum Vorschein.

„Na, wer sagt es denn?", lachte Bruno und führte sein Pferd hinaus, „und jetzt scheint wieder die Sonne. Was denkt Ihr, mein Freund? Wollen wir die Jagd fortsetzen?"

Reinhard sah den pechschwarzen Wolken hinterher, die hinter den Bäumen noch zu sehen waren und überlegte.

In diesem Moment tauchte einer der Dienstboten aus dem Schloss auf. „Herr, Herr!", rief er ihnen von Weitem entgegen, „Ihr müsst dringend zurückkehren!"

Der Graf und seine Gefolgsleute sahen dem keuchenden, völlig durchnässten Mann verwundert entgegen.

„Gemach", brummte Bruno, als der Bote sie erreicht hatte. „Kommt erst einmal zur Ruhe."

„Nein, Herr", erwiderte er aufgeregt und bemühte sich, zu Atem zu kommen, „Ihr müsst sofort zurückkehren!"

„Was kann denn von solch hoher Bedeutung sein, dass wir unsere Jagd abbrechen sollten?"

Der Graf legte Bruno die Hand auf die Schulter. „Bruno, lasst es gut sein. Er wäre bestimmt nicht den ganzen Weg hierher durch den Sturm gelaufen, wenn es nicht eilte."

Der Bote sah den Grafen traurig an, und da verdunkelten böse Vorahnungen Reinhards Gemüt. „Nun, sprich, was ist passiert? Ist meinem Sohne etwas geschehen?"

„Graf, ich habe es mit eigenen Augen gesehen. Das Schloss ist verschwunden. Dort, wo es stand, erstreckt sich jetzt ein tiefer See."

Bruno hob den Kopf und lachte schallend. „Reinhard, der Mann hat sicher zu tief ins Glas geschaut."

„Aber es ist wahr! Glaubt mir!"

Der Graf sah von einem zum anderen. Was war das für eine seltsame Geschichte?

„Reinhard, ich glaube eher, dass Euer treues Pferd Falchert hier an dieser Stelle eine Quelle aus dem Boden zu stampfen vermag, als dass Euer Schloss versinken könnte", lachte Bruno.

Reinhard sah zu seinem Pferd hinüber, das plötzlich begann, mit den Hufen zu scharren. Ungläubig beobachteten sie, wie es alsbald unter seinen Hufen zu sprudeln begann.

Der Graf hatte das Gefühl, man entzöge ihm den Boden unter den Füßen. „Nein", flüsterte er entsetzt und sah seinen Vetter an, der bleich wie der Tod neben ihm stand und auf die Quelle starrte.

„Wir müssen sofort zurück“, murmelte Bruno vor sich hin, „das ist ein Zeichen Gottes.“

Reinhard sprang mit einem Satz auf sein Pferd, trieb es an, ritt rasend schnell über die Wege und sprengte dem Schloss entgegen. Seine Gedanken überschlugen sich. Was war, wenn der Mann die Wahrheit gesprochen hatte? Was war aus seinen Leuten geworden, und vor allem, war seinem Sohn Böses widerfahren?

Die Angst schnürte ihm die Kehle zu, und er gab seinem Pferd die Sporen.

Endlich kam er an der Stelle an. Grauen überfiel ihn. Das Schloss war verschwunden. An seiner Statt lag ein tiefer, dunkler See.

Zitternd sprang er von seinem Pferd und sank am Ufer auf die Knie. Warum war Gott nur so grausam zu ihm?

„Reinhard“, flüsterte Bruno, der nun neben ihm kniete. Reinhard hob den Kopf und sah seinen Vetter unglücklich an.

„Er hat mir alles genommen, Bruno. Das Schloss ist mir gleich! Doch Heinrich? Oh Gott, warum musste mein Sohn sterben?“

Bruno nahm ihn wortlos in die Arme, und Reinhard ließ seinem Kummer freien Lauf.

„Herr“, riss ihn plötzlich jemand aus seiner Trauer, „was schwimmt denn dort am Ufer?“

Reinhard hielt seine Augen bedeckt und vermochte nicht aufzusehen. Er vernahm jedoch erstaunte Rufe und Klagen.

Auch dass Bruno sich von ihm entfernte, bemerkte er. Aber er hielt seinen Kopf weiterhin zu Boden gesenkt.

„Was hat mein Leben jetzt noch für einen Sinn?“, schluchzte er und die Trauer peinigte sein Herz. „Ich habe alles verloren.“

„Das ist nicht wahr!“, flüsterte Bruno neben ihm. „schaut nur, wen ich aus dem Wasser gezogen habe.“

Reinhard schüttelte stumm den Kopf.

Da erklangen plötzlich Schreie eines Kindes neben ihm, munteres Flachsen und lebendige Rufe.

Reinhard glaubte, seinen Ohren nicht zu trauen, und hob den Kopf. Was er vor sich sah, konnte er zuerst nicht erfassen. Rasch wischte er sich die Tränen ab, um dann ungläubig in die blitzenden blauen Augen seines Sohnes zu sehen.

„Heinrich“, flüsterte er, fassungslos vor Glück, „Heinrich, mein Sohn. Aber wie ...?“ Sanft hob er ihn aus der nassen Wiege und drückte ihn selig an seine Brust.

„Das weiß wohl nur der Allmächtige“, lächelte Bruno und klopfte Reinhard auf die Schulter, „seine Strafen sind oft grausam. Doch er ist auch gerecht. Kommt, mein Freund. Wir wollen diesen Ort verlassen.“

Reinhard nickte, strahlend und stumm vor Glück, dann stieg er mit seinem Sohn im Arm auf Falchert, sein Pferd. Das Schloss war in den Fluten des Weinfelder Maares untergegangen, der See hatte Rheinhards schöne Gemahlin und all seine Reichtümer geraubt. Doch der Graf hatte seinen größten Schatz, seinen kleinen Sohn Heinrich, behalten dürfen. Mehr brauchte er nicht, um glücklich zu sein.

Wahre Liebe

Auf der Burg am Maar zu Ulmen wohnte einst der Ritter Philipp Hausten. Er und seine Gemahlin lebten zufrieden, bis Kaiser Barbarossa die Ritterschaft des Landes zum Kreuzzug ins Heilige Land aufrief. Ritter Philipp folgte dem Ruf und schloss sich mit einigen Knechten dem Heer an. Für seine Frau Rosemarie begann eine schwere Zeit. Jahrelang erhielt sie keine Nachricht von Philipp, und als die ersten Ritter zurückkehrten und nichts von Philipps Schicksal zu berichten wussten, verfiel sie in tiefe Trauer und kam fast um vor Sorge.

Eines Tages jedoch gelang einem jener Knechte, die Philipp begleitet hatten, die Heimkehr. Er berichtete Rosemarie, dass ihr Gemahl noch lebte. Sie waren durch die Feinde vom Heerzug getrennt und ins Landesinnere verschleppt worden. Der Knecht war bald durch ein glückliches Geschick freigekommen, doch Ritter Philipp war es schlimm ergangen. Er musste als Sklave auf den Gütern eines morgenländischen Herrn arbeiten. Die Feinde hatten Philipp die Hände und Zehen abgehackt, damit er nicht fliehen konnte, und zwangen ihn, wie Vieh einen Pflug durch Ackerland zu ziehen.

Rosemarie war entsetzt, als sie dies hörte, und schloss sich in ihren Gemächern ein. Stundenlang weinte sie und beklagte das Schicksal ihres geliebten Mannes. In jener Nacht träumte sie von Philipp, wie er einen blutenden Handstumpf nach ihr ausstreckte und sie rief. Am nächsten Morgen war ihr Entschluss gefasst. Alles, was ihr kostbar war und was sie für ihre Fahrt notwendig brauchte, verschnürte sie in ein Bündel, verbarg ihren Schmuck in ihrer Kleidung, damit er ihr nicht abhanden käme, und vergaß auch ihre geliebte Harfe nicht. Mutig machte sie sich auf den Weg und nach einer monatelangen und beschwerlichen Reise gelangte sie endlich in das Morgenland.

Müde stemmte Rosemarie ihre Hände in den Rücken. Sie wusste nicht mehr, wie lange sie schon durch den Sand gelaufen war, und die Sonne brannte unbarmherzig auf sie hernieder. Dicke Schweißtropfen liefen über ihr Kinn, doch sie wagte nicht, den Schleier zu lüften. Achmed hatte ihr geraten, niemals den Schleier herunterzunehmen. Gedankenvoll blickte sie zu dem schmächtigen Knaben hin. Viele Dutzend Male hatte sie sich gefragt, woher Achmed stammte. Er war aus dem Nichts aufgetaucht und seitdem nicht mehr von ihrer Seite gewichen. In den ersten Tagen, die sie gemeinsam verbrachten, hatte er kein Wort gesprochen. Erst als sie ihre Harfe hervorgeholt und für ihn gesungen hatte, brach er sein Schweigen. Rosemarie hatte mit Freude festgestellt, dass er ihrer Sprache mächtig war, und mit der Zeit waren sie Freunde geworden. Er erzählte ihr viel über sein Land und sein Volk. Nur wenn sie ihn nach seiner Herkunft fragte, verfiel er wieder in eisiges Schweigen. So hatte sie beschlossen, ihn hierzu nicht mehr zu bedrängen.

„Achmed, ich brauche dringend eine Pause. Gibt es hier in dieser Wüste einen Ort, wo wir eine Rast machen können?"

Achmed drehte sich um und schenkte ihr ein ehrerbietiges Lächeln. „Natürlich, *Hanim*. Nicht weit von hier hat unser Gebieter ein schönes Haus. Dort, im Schatten der Mauer, können wir ruhen und uns Erfrischung gönnen. Kommt, es ist nicht weit von hier."

„Wird er nicht böse, wenn wir auf seinem Grund und Boden rasten? Ich möchte kein Ungemach."

„Keine Sorge, Hanim. Der Gebieter ist ein guter Mann."

Rosemarie sah Achmed nach, der ihr den Rücken zugedreht hatte, um gleich darauf den Kopf wieder zu senken. Der feine Sand, der um sie herumwirbelte, brannte in ihren Augen. Was war, wenn sie das besagte Haus nicht fanden? Wo war Philipp? Seit Tagen wanderte sie nun unter brennender Sonne durch diese endlose Wüste, und wenn Gott ihr nicht Achmed geschickt hätte, wäre sie sicher schon verhungert und verdurstet. Ja, der schweigsame Knabe war ein Geschenk des Himmels. Ob ihn niemand vermisste?

„Seht, *Hanim*", riss Achmeds Stimme sie aus ihren Gedanken, „dort vorne gibt es Palmen. Setzt Euch und ruht Euch etwas aus. Ich besorge uns Wasser."

Rosemarie sah auf und staunte. Sie befand sich in einer lieblichen Allee aus Palmen. Neben ihr erstreckte sich eine hohe weiße Mauer, hinter der sie die glänzende Kuppel eines Hauses erkennen konnte. Sie hatte die Veränderung der Landschaft zunächst gar nicht wahrgenommen. Nach der trockenen, heißen Wüste erschien ihr dieser Ort wie das Paradies. Erschöpft setzte sie sich unter eine Palme und schloss müde die Augen. Die Anstrengungen der letzten Wochen hatten an ihren Kräften gezehrt.

„Hier, trinkt etwas, *Hanim*. Dann geht es Euch gleich besser."

Rosemarie öffnete die Augen und nahm einen Becher mit Wasser entgegen. „Danke, Achmed. Was würde ich nur ohne dich tun? Wie kann ich dir nur für deine Hilfe und Fürsorge danken?"

Achmed setzte sich neben sie und lächelte sie scheu an. „Würdet Ihr für mich auf Eurem Instrument spielen?" Achmed hielt kurz inne und betrachtete Rosemarie aufmerksam. „Oder wollt ihr Euch lieber etwas ausruhen? Ihr seht sehr müde aus."

Rosemarie fühlte sich tatsächlich erschöpft. Doch sie war Achmed für all das, was er für sie getan hatte, so dankbar, dass sie ihm die kleine Bitte nicht abschlagen konnte.

„Gerne spiele ich für dich, mein Freund", antwortete sie daher, „zum Singen und Spielen bin ich nie zu müde. Komm, setze dich neben mich und lausche meinem Gesang."

Langsam fuhr sie mit ihren Fingern über die Saiten und schloss erneut die Augen. In ihrer Fantasie saß sie wieder zu Hause in ihrer Halle, und Philipp war bei ihr und lächelte sie an. Sie begann nun zu spielen. Erst zaghaft, doch dann immer hingebungsvoller. Sie vergaß, wo sie war, und versank in diesem Traum. Er erschien ihr so wirklich, dass sie sogar zu hören vermeinte, wie Philipp ihren Namen rief. Unendliches Glück breitete sich in ihrem Herzen aus.

Erschöpft hielt sie schließlich inne und wischte sich mit dem Handrücken über das tränenbenetzte Gesicht. Während des Spielens war sie für einen Augenblick so glücklich gewesen, dass sie zu weinen begonnen hatte. „Verzeih, Achmed", flüsterte sie und öffnete die Augen.

Doch von Achmed war nichts mehr zu sehen. Stattdessen standen mehrere vermummte Männer um sie herum, die sie mit ihren dunklen brennenden Augen musterten. Erschrocken sprang Rosemarie auf, wobei ihre Harfe in den Sand fiel.

„Keine Angst, *Kadin,* gute Frau", sagte neben ihr eine tiefe Stimme. „Euch geschieht nichts."

Erst jetzt bemerkte Rosemarie die Sänfte, in der ein kleiner, dicker Mann inmitten weicher Kissen saß.

„Woher kommt Ihr, *Kadin,* und wo habt Ihr gelernt, so wundervoll zu spielen?"

Rosemarie verneigte sich. „Ich komme aus dem Abendland, mein Herr, und erlernte das Harfenspiel schon vor vielen Jahren von meiner Mutter."

„Wie kommt Ihr hierher? Was ist Euer Begehr?"

„Ich bin auf der Suche nach meinem Gemahl, der in Eurem Land in die Sklaverei geriet."

Der kleine Mann musterte sie aufmerksam. „Folgt mir ins Haus, *Kadin.*"

Rosemarie blieb jedoch stehen. Sie wollte das Haus nicht betreten. Wenn sie sich erst einmal innerhalb der hohen Mauern befände, würde sie womöglich niemals wieder dort hinausgelangen.

Zur Flucht war es aber zu spät, denn die Männer des reichen Herrn umringten sie und ließen sie nicht aus den Augen.

Ängstlich folgte sie der Sänfte und wagte es nicht, die furchteinflößenden Männer anzusehen. Glücklicherweise schützte der Schleier, der ihr Gesicht verbarg, sie vor den Blicken und schenkte ihr ein Gefühl der Sicherheit. Kaum hatte sie das Tor durchschritten, da hob sie staunend den Kopf. Vor ihr lag ein wunderschöner Garten, wie man ihn in dieser Einöde niemals erwartet hätte. Überall standen Palmen und Brunnen, aus denen kleine Wasserfontänen sprühten. Inmitten dieser grünen Pracht erstrahlte ein herrschaftlicher Palast in der Sonne. Vor einem großen Portal blieben die Träger stehen, und der beleibte Mann erhob sich von der Sänfte.

„Meine Diener bringen Euch in die große Halle, *Kadin.*"

Rosemarie überlegte, wie sie sich aus dieser Lage befreien konnte. Was war, wenn er sie als Sklavin einsperrte?

In diesem Moment wurde sie auch schon am Arm gepackt und ins Haus gezerrt. Rosemarie überfiel unsägliche Furcht. Was sollte sie nun tun?

Die Männer führten sie schweigend in einen großen Raum, der prachtvoll geschmückt war. Sie stellten ihre Harfe zu ihren Füßen und zogen sich zurück.

Rosemarie sah sich furchtsam um. An jeder Seite befanden sich mehrere Eingänge, vor denen jeweils kunstvoll bestickte Stoffe hingen. Überall an den Wänden blinkten bunte Steine, und in der Mitte des Raumes stand ein großer Diwan, der über und über mit großen Kissen bedeckt war. Ob es eine Möglichkeit gab, einem künftigen, grausamen Schicksal zu entrinnen? Aber wohin sollte sie fliehen, da es um den Palast doch nur weite, leere Wüste gab?

Kaum hatte sie ihren Gedanken zu Ende gedacht, da erschien auch schon der Hausherr mit seinem Gefolge und nahm auf dem Diwan Platz.

„Spielt für mich, *Kadin*", befahl er.

Rosemarie griff mit zitternden Händen nach ihrer Harfe und drückte sie an ihre Brust. Warum war Gott nur so unbarmherzig zu ihr? Statt ihren geliebten Gemahl wiederzufinden, war sie nun in dem Palast eines Tyrannen gefangen. Sanft ließ sie ihre Finger über die Saiten gleiten. Tränen brannten in ihren Augen. Sie schluckte und begann zu singen. All ihre Sehnsucht und ihr Kummer flossen in ihren Gesang, und die Zeit schien stillzustehen.

Erschöpft hielt sie inne und senkte den Kopf.

„Das war wunderschön, *Hanim*", flüsterte plötzlich eine vertraute Stimme neben ihr.

Rosemarie wandte den Kopf und sah in die schwarzen Augen Achmeds.

„Achmed", staunte Rosemarie, „ich habe dich schon vermisst. Wo bist du gewesen?"

„Ich war immer an Eurer Seite."

In diesem Augenblick tauchte der Herr des Palastes neben ihr auf und sah sie durchdringend an. Bei seinem Blick wurde ihr bange, und sie sah zu Boden.

„Wie habt Ihr dies vermocht, *Kadin?*"

Rosemarie blickte überrascht auf. „Was meint Ihr, Herr?"

„Wie habt Ihr es vermocht, dass mein Sohn Achmed wieder spricht? Er war viele Monde lang stumm. Der Tod seiner Mutter hatte ihn seine Sprache vergessen lassen."

Rosemarie sah von dem Herrn zu Achmed, der sie strahlend anlächelte.

„Achmed ist Euer Sohn? Aber wie ..."

„Ich habe Euren Gemahl gefunden, *Hanim*", unterbrach Achmed sie, „er arbeitete auf einem Feld, und ich habe ihn mitgebracht." Kaum hatte er geendet, da teilte sich einer der Vorhänge, und Rosemarie stieß einen lauten Schrei aus. Sie ließ ihre Harfe fallen, sprang auf und rannte zu Philipp, um ihn zu umarmen.

„Endlich habe ich dich gefunden", schluchzte sie und sah in sein liebes Gesicht, auf dem sich unermessliche Freude und Verwirrung malten.

„Rosemarie", flüsterte er ungläubig und schloss sie fest in die verkümmerten Arme, „wie bist du hierhergekommen und woher wusstest du, dass ich hier bin?"

„Achmed hat mich hergeführt. Oh Philipp, was haben sie dir angetan?" Rosemarie blickte erschrocken auf seine verstümmelten Hände und berührte sie sachte und voller ängstlicher Zärtlichkeit.

„Es schmerzt nicht mehr", beruhigte Philipp sie. „Oh Rosemarie, ich dachte, ich würde dich niemals wiedersehen."

„*Kadin*", unterbrach sie nun der Palastherr, „mein Sohn wünscht, dass ich Euch freilasse und zur Grenze bringe. Ich kann ihm keine Bitte abschlagen, da ich Allah so sehr für seine Genesung danke, deshalb will ich ihm diesen Wunsch erfüllen. Doch nun spielt nochmals für uns, bis die Sonne hinter den Bergen verschwunden sein wird."

Rosemarie nickte und löste sich aus Philipps Umarmung. Lächelnd griff sie nach ihrer Harfe und ließ ihren Gemahl nicht mehr aus den Augen. Glücklich stimmte sie ein Lied an und sang so schön, dass allen Zuhörern die Tränen in die Augen stiegen.

Sie erfuhren nun, dass der Palastherr ein mächtiger Sultan war, der viele Krieger befehligte. Diese brachten Philipp und Rosemarie am nächsten Morgen zur Landesgrenze. Rosemarie hätte Achmed gerne gedankt und ihn noch gefragt, wie es gekommen war, dass sie sich damals in der Wüste – weit entfernt vom väterlichen Palast – begegnet waren. Ob Achmed von zu Hause davongelaufen war? Oder war es Gottes Wille, dass der Knabe durch sie die Sprache wiedergefunden hatte? Wie lange sie auch darüber nachdachte, sie kam zu keiner Erklärung. Doch sie beschloss, Gott für seine Güte zu danken, und als sie nach vielen, vielen Monaten wohlbehalten nach Ulmen zurückkehrten, ließ sie ein schönes Kreuz errichten.

Dieses Kreuz hat, anders denn die Ulmer Burg, von der nur noch Ruinen oberhalb des Maares übriggeblieben sind, die Jahrhunderte überdauert und ist heute als das „Antoniuskreuz“ zu bewundern.

Der Ritter in der Manne

Vor langer Zeit stand auf einer Anhöhe am Flüsschen Üß die Entersburg. Sie gehörte Albrecht, einem verwegenen Raubritter, der die Handelswege im Moseltal und in den Eifelbergen unsicher machte. Dies erboste den Trierer Kurfürsten, der seine besten Männer ausschickte, um dem Haudegen das Handwerk zu legen. Doch Albrecht entkam den Kurtrierern immer wieder und schickte sie, ortskundig und gerissen, wie er war, stets in die Irre. Daraufhin beschloss der kurfürstliche Hauptmann, die Entersburg zu belagern.

Albrecht und seine Leute hielten tapfer der Belagerung stand, doch eines Tages waren die Vorräte aufgebracht, und sie mussten befürchten, die Angriffe nicht mehr lange abwehren zu können.

Beatrice, die Burgherrin, stand schweigend in der Ecke und beobachtete die Männer, die sich um Albrecht drängten und beratschlagten, wie sie sich am besten verteidigen konnten.

„Albrecht", rief einer von ihnen, „vielleicht können sich zwei Männer hinausschleichen und Nahrung besorgen."

Beatrice sah wie alle anderen zu ihrem Gemahl hinüber, der schweigend an der Wand lehnte. Bisher hatte er immer wieder durch eine List seinen Kopf aus der Schlinge ziehen können. Besonders gut hatte ihr die Idee mit den Hufeisen gefallen, die den Pferden umgekehrt aufgeschlagen worden waren, wodurch die Feinde in eine falsche Richtung gelockt wurden. Doch in den letzten Tagen schien Albrecht müde und niedergeschlagen zu sein.

„Wir werden uns ergeben müssen."

Kaum hatte Albrecht dies gesagt, da brach schon ein lauter Tumult aus. Alle fingen an, wild durcheinanderzureden, und Beatrice hielt sich die Ohren zu.

„Wir haben keine andere Wahl!", donnerte Albrecht dazwischen. Doch seine Gefolgsleute hörten ihm nicht zu.

Beatrice bahnte sich langsam einen Weg durch die Menge zu ihrem Gemahl und stemmte die Hände in die Hüften.

„Ist das wirklich dein Ernst? Willst du nun tatsächlich aufgeben?"

Albrecht zuckte leicht mit der Schulter und griff nach ihrer Hand. „Was soll ich tun? Wir haben kein Brot und kein Fleisch mehr und werden nicht mehr lange standhalten können. Nein, ich werde dem Hauptmann die Burg überlassen, wenn er dir freies Geleit gibt."

„Albrecht, was ist das für eine törichte Idee? Ich werde dich nicht verlassen. Lieber sterbe ich an deiner Seite."

„Treu und lieb bist du, mein Schatz. Doch es hilft nichts, wenn wir beide sterben."

„Gibt es denn keinen anderen Ausweg?"

Albrecht schüttelte traurig seinen Kopf. „Nein, es gibt keinen geheimen Fluchtweg, der uns aus dieser Burg hinausführen könnte." Albrecht hielt kurz inne und zupfte nachdenklich an seinem Bart. „Darum wirst du alleine dies Gemäuer verlassen."

Darauf schwieg er und betrachtete Beatrice so lange, dass sie Unruhe überkam.

„Albrecht, warum siehst du mich so an?"

Albrecht streckte seinen Arm aus und zog seine treue Gemahlin an seine Brust. Obwohl er ein Mann von normaler Größer war, überragte Beatrice ihn um eine halbe Hauptlänge.

„Schön bist du, aber auch groß uns stark, mein geliebtes Weib. Geh hinaus zu dem Hauptmann und bitte ihn darum, dass du allein die Burg verlassen darfst. Wenn er deine Bitte erhört, komm zum Burgtor. Ich warte dort auf dich."

„Ich habe dir doch eben gesagt ..."

„Das weiß ich, meine Liebste. Trotzdem tu, was ich dir sage."

„Ich will dich nicht verlassen ..."

Albrecht legte Beatrice sacht und voller Zärtlichkeit einen Finger auf den Mund. „Geh und hab Acht, dass keiner der Männer etwas bemerkt."

„Willst du mir nicht sagen, was du planst?"

„Später! Nicht hier, da uns alle belauschen können. Doch nun mach dich auf den Weg."

Beatrice seufzte und löste sich aus seinen Armen. „Ich folge deinen Worten, mein Gemahl. Auch wenn ich keinen Sinn darin sehe, will ich dir vertrauen."

„Das ist meine kluge Beatrice! Ich wusste, dass ich mich auf dich verlassen kann. Doch hör gut zu, bevor ich es vergesse: Sage den Belagerern, du willst nur eine Manne (großer Trageweidekorb, Anm. d. Autorin) mit hinausnehmen. Im Übrigen aber soll die Burg und alles, was sich in ihr befindet, ihnen gehören."

Beatrice sah Albrecht zweifelnd an. Warum sollte sie eine Manne mit hinaustragen? Außer ihm gab es nichts in der Burg, was ihr von Bedeutung war, auch keinen größeren Gegenstand, der einer Manne bedurft hätte. Doch sie verscheuchte die Zweifel. Die Männer waren noch immer in ihren Streit versunken und schenkten ihr keine Beachtung, als sie an ihnen vorbeilief.

Beatrice eilte hinauf zu der Ringmauer und sah zu den Belagerern hinunter, die angriffsbereit vor dem Burgtor standen.

„Hört her, ihr da unten. Ich möchte mit eurem Anführer sprechen."

Die Landsknechte sahen zu Beatrice hinauf und steckten die Köpfe zusammen.

Beatrice wartete unruhig auf ihre Antwort. Wieso mussten sie jetzt erst noch beratschlagen? Ihre Bitte war doch nicht misszuverstehen!

„Was ist nun?", rief sie ungeduldig nach unten, „ich will mit eurem Anführer verhandeln. Doch wenn ihr mich noch lange warten lasst, überlege ich es mir anders und gehe wieder hinein."

„Nun ereifert Euch nicht so maßlos", rief einer der Männer hinauf. „Wir schicken ja schon nach ihm."

Beatrice atmete erleichtert auf und lehnte sich an die Mauer. Obwohl sie sich alle Mühe gab, ruhig zu bleiben, zitterten ihr die Knie. Was war, wenn der Anführer sie nicht gehen ließ? Was war, wenn er sie gehen ließ und sie musste Albrecht zurücklassen? Sie schloss die Augen und sog die Luft tief ein. Sie hätte Albrecht die Bitte abschlagen sollen. Gleich, was der Hauptmann entschied, sie musste in jedem Fall einen Verlust erleiden.

„Nun, hier bin ich!", rief von unten eine Stimme, „was habt Ihr mir zu sagen?"

Beatrice lehnte sich über die Mauer und sah zu einem stattlichen Mannsbild mit Schnauzbart hinunter, der sie aufmerksam musterte.

„Seid Ihr der Hauptmann dieser Männer?"

„Ja, das bin ich. Doch nun sagt endlich, was Ihr von mir wollt."

Beatrice antwortete kühn: „Wir übergeben Euch die Burg, wenn Ihr mir gestattet, nur mit einer Manne auf meinem Rücken frei auszuziehen." Beatrice beobachtete den Hauptmann, der sich nachdenklich das Kinn rieb.

„Nur Ihr werdet die Burg verlassen?"

„Ja, nur ich", antwortete Beatrice, „und das Wenige, was ich in der Manne hinauszutragen vermag."

Der Hauptmann ging vor dem Burgtor auf und ab. Beatrice konnte ihm ansehen, dass er angestrengt über ihr Angebot nachdachte.

Endlich hob er den Kopf. „Gut, ich lasse Euch aus der Burg. Euer Verbleib ist für uns nicht von Nutzen. Nehmt in Eurer Manne alles mit, was Ihr tragen könnt, und erscheint am Tor. Ich gelobe, dass ich Euch freien Abzug gewähre."

Beatrice wandte sich ab und lief eilends zum Burgtor. Atemlos sah sie sich um.

Wo war Albrecht? Sie spürte, wie ihr der Schweiß ausbrach. Die Angst um ihren Gemahl raubte ihr fast die Sinne.

„Nun, was hat er gesagt?", flüsterte plötzlich seine Stimme aus einem Winkel des Tores.

„Albrecht. Gott sei Dank! Ich habe schon befürchtet, dass du nicht kommst." Beatrice drückte ihn stürmisch an ihre Brust. Dann sah sie zu ihrem Gemahl hinunter, der zufrieden lächelte. „Ja, der Hauptmann wird mir gewähren, die Burg als freier Mensch zu verlassen. Doch willst du mir nicht endlich sagen, was du zu tun beabsichtigst?"

„Nun ja", erwiderte Albrecht und zog ihren Kopf zu sich herab. „Du, mein tapferes und liebenswertes Weib, wirst für den Fluchtweg sorgen." Beatrice sah Albrecht einen Augenblick voller Verwirrung in die Augen, bis sie erfasste, was ihr listiger Gemahl im Schilde führte.

„Oh, dieser Plan ist wundervoll."

Albrecht sah zu Beatrice hinauf. „Ahnst du nun, welch einen Plan ich habe?"

„Ja, mein Liebster: Ich werde dich in der Manne hinaustragen."

„Jawohl, du kluge Frau", strahlte Albrecht und zog einen großen Korb heran, in dem er sich stark gebeugt verstecken konnte. „Heute kommt es mir zugute, dass ich das kräftigste Weib des Landes geheiratet habe. Doch nun müssen wir uns beeilen. Ich habe den Männern die verbleibenden Vorräte gegeben. Sie prügeln sich gerade um das letzte Stücklein Brot. Wir dürfen nicht länger warten – komm!"

Mit diesen Worten kletterte Albrecht in die Manne, und Beatrice hob unter Mühen den schweren Korb auf ihren Rücken. Die Last erschien ihr unendlich groß, als sie sich langsam dem Tor näherte. Albrecht hatte bereits die Riegel geöffnet, sodass sie es nur noch mit dem Fuß aufstoßen musste.

„Wohlan, bringen wir es hinter uns", flüsterte sie und holte tief Luft. Nach und nach stieß sie das mächtige Tor auf und trat schließlich hinaus. Ihr Herz raste, und sie fürchtete zu stolpern. Sie betete insgeheim darum, dass die Feinde nicht misstrauisch wurden. Rechts und links vom Wege standen schwerbewaffnete Kurtrierer, die sie aufmerksam musterten.

„Wie versprochen, verlasse ich mit meiner Manne die Burg!", rief sie dem Hauptmann zu und senkte dabei den Blick, um sich nicht mit ihren Augen zu verraten, in denen sich ihre Angst widerspiegeln musste. Dennoch brannten neugierige Blicke wie Messerstiche auf ihrem Rücken. Jeder Schritt schien so ewig zu dauern wie ein langer Marsch, und sie hoffte, dass niemand bemerkte, wie schwer die Manne auf ihr lastete. Es musste ihr einfach gelingen, auf diese beschwerliche Weise außer Blickweite der Kurtrierer zu gelangen. Jeden anderen Gedanken verbannte sie aus ihrem Kopf. Erst als sie den nahen Wald erreicht hatte, blieb sie stehen, um neue Kräfte zu sammeln und zu verschnaufen.

Der Hauptmann und seine Leute sahen Beatrice nach, bis sie hinter den ersten Bäumen verschwunden war. Dann stürmten sie die Burg, um Albrecht zu ergreifen. Sie suchten jeden Winkel nach ihm ab, doch sie fanden nur seine raufenden Männer. Zu spät erahnten sie, was Beatrice in ihrem Korb getragen hatte. In höchster Eile wurden ein paar Männer losgeschickt, die den ganzen Wald nach Beatrice und Albrecht absuchten. Doch außer einer leeren Manne fanden sie nichts.

Spuk auf Burg Manderscheid

Auf der Niederburg bei Manderscheid lebte einst ein stolzer, grausamer Graf. Er verachtete das einfache Volk und war nur gegen Leute von Adel freundlich. Seine Dienstleute hingegen und alle, die ein Almosen von ihm erbaten, behandelte er schlecht, war ungerecht und hart gegen Mann und Weib, gegen Alt und Jung.

Seine Tochter Waltraud hingegen hatte ein weiches, mitfühlendes Herz. Von ihrer Mutter hatte sie gelernt, auch die Armen und Schwachen zu achten, und sie versuchte, die Härte ihres Vaters durch Herzensgüte und gute Taten zu mildern. Ihr Vater beobachtete dies mit Widerwillen, und es kam oft zum Streit.

Nun geschah es, dass Waltraud ihr Herz an Paul, den schönen, jungen Stallmeister ihres Vaters, verlor. Um nicht das Misstrauen und den Unmut des gestrengen Grafen zu wecken, mied sie jedes Zusammentreffen mit dem Jüngling. Doch als Paul begann, leidenschaftlich um sie zu werben, schmolz ihr Widerstand rasch dahin und sie vermoch-

te nicht länger, gegen ihre Gefühle anzukämpfen. Aus Vorsicht traf sie ihn nur an verschwiegenen Orten und gab acht, dass ihr Vater nichts davon bemerkte.

„Waltraud, wie glücklich bin ich, dich zu sehen", rief Paul strahlend und senkte die Heugabel. „Wollen wir gemeinsam hinunter zum Fluss gehen? Ich habe dort einen lieblichen Ort entdeckt."

„Gerne", erwiderte Waltraud und schenkte ihrem Liebsten ein zärtliches Lächeln. „Doch erst muss ich weiter. Lass uns später zum Fluss hinuntergehen." Die Jungfrau wandte sich ab, doch Paul war schneller.

„Bleib, meine Schöne", lachte er und umfasste ihre Hüfte.

„Paul", schimpfte Waltraud, „lass das sein – wenn mein Vater das sieht ..."

„Ich habe ihm schon sehr früh sein Pferd gesattelt und beobachtet, wie er die Burg verlassen hat. Er wird es nicht erfahren." Mit diesen Worten zog er sie in seine Arme und küsste sie zärtlich.

Kaum berührte er ihre Lippen, da vergaß sie alle Vorsicht und erwiderte seinen Kuss.

„Welch eine Schande!", schrie ihr Vater, der plötzlich hinter ihr stand, und riss sie von Pauls Seite.

„Wie kannst du dich nur so erniedrigen und dich von diesem Burschen berühren lassen? Ich wollte es nicht glauben, dass du ihn heimlich triffst. Doch jetzt habe ich es mit eigenen Augen gesehen!" Und er drehte sich um und rief nach der Wache. „Vater", stammelte Waltraud, zutiefst erschrocken, „ich ..."

„Schweig still!"

„Vater, bitte! Ich verstehe, dass Ihr zornig seid. Doch hört, was ich zu sagen habe ..." Eine schallende Ohrfeige ließ sie verstummen.

Paul machte einen Schritt auf den Grafen zu, um sich schützend vor Waltraud zu stellen. Doch im selben Augenblick wurde er von den Wachen erbarmungslos und derb fortgezogen.

„Lasst ab von Waltraud, Herr", bat Paul. „Sie ist unschuldig, ich allein muss für alles Rechenschaft ablegen."

Der Graf verzog voll Abscheu das Gesicht.

„Bringt ihn fort. Ich will nicht, dass er mir noch einmal unter die Augen kommt."

Paul wandt sich in dem Griff der Schergen, die ihn ergriffen hatten. „Es ist mir gleich, was Ihr mir antut. Doch fügt Waltraud kein Leid zu!" Der Graf lächelte nur hochmütig und machte eine ungeduldige Handbewegung. Entsetzt sah Waltraud, wie ein weiterer Wachmann an Pauls Seite trat und sein Schwert zog.

„Nein!", schrie Waltraud verzweifelt auf. Doch Paul lag bereits blutend, stumm und bleich im Sand.

„Wage es nicht, ihn anzurühren!", herrschte der Graf seine Tochter an.

Doch Waltraud hörte nicht auf ihn. „Paul", flüsterte sie verzweifelt und kniete sich neben ihren Liebsten auf den Boden.

„Bringt sie in den Wachturm und fesselt sie. Dort soll sie unter Gewahrsam bleiben, bis ich eine Entscheidung getroffen habe."

Waltraud hörte seine Worte kaum. Ihr Blick hing an Paul, der regungslos im Sand lag. Plötzlich wurde sie von starken Armen fortgezerrt. Verzweifelt versuchte sie, sich zu befreien. Doch der Wachmann, der sie gefasst hatte, kannte kein Erbarmen.

„Wie könnt Ihr es wagen, mich so zu behandeln!", schrie Waltraud. „Lasst mich sofort frei!"

Doch er dachte nicht daran und verstärkte seinen Griff noch. Waltraud spürte, wie ihre Wut ins Unermessliche wuchs, und trat ihm mit aller Kraft gegen das Schienbein.

„Verdammte Hexe!", schimpfte der grobe Kerl und schlug ihr ins Gesicht. „Wenn Ihr nicht sofort damit aufhört, schlage ich Euch windelweich. Also überlegt Euch gut, was Ihr tut."

Waltrauds Wange brannte wie Feuer und sie sah ein, dass jeder Widerstand zwecklos war.

Als sie in dem Wachturm ankamen, stieß der Wachmann sie in die hinterste Nische.

„Versucht ja nicht zu fliehen", drohte er. „Ansonsten werdet Ihr es bitter bereuen."

Waltraud kroch in die äußerste Ecke und ließ sich auf dem kalten Boden auf die Knie. Sie spürte die hasserfüllten Blicke des Mannes, der jede ihrer Bewegungen beobachtete. Seufzend wandte sie den Kopf in Richtung der Mauer. Warum hatten sie nicht besser achtgegeben? Bei dem Gedanken an Paul zog sich ihr Herz zusammen und sie unterdrückte ein Schluchzen. Hatte er nun tatsächlich sein Leben gelassen? Oder war er vielleicht nur verletzt und lag immer noch im Sand? Waltraud lehnte den Kopf an die Wand und spürte, dass sie die Tränen nicht mehr zurückhalten konnte.

Da tauchten zwei Männer auf, die jeder eine Karre voller Steine in den Wachturm schoben. Schnell wischte sie sich über das Gesicht und beobachtete, wie sie die Steine vor ihren Füßen abluden. Was hatte das zu bedeuten?

In diesem Moment betrat ihr Vater den Wachturm. Mühsam zog Waltraud sich an der Wand hoch und sah ihm entgegen. Dem Grafen war die Genugtuung über ihre verzweifelte Lage ins Gesicht geschrieben.

„Vater", begann Waltraud mit zitternder Stimme, „warum seid Ihr so grausam zu mir?"

„Ich bin grausam? Wer hat sich denn mit dem Gesindel eingelassen? Du oder ich?"

„Paul ist ein anständiger Mensch und er hat immer hart gearbeitet."

„Was du nicht sagst! Doch das spielt jetzt keine Rolle mehr. Du musstest mich ja der Lächerlichkeit preisgeben. Nun siehst du, was du davon hast."

„Aber ich wollte Euch niemals Schande bereiten!", rief Waltraud verzweifelt.

„Schweig! Du scheinst die Besinnung verloren zu haben. Doch ich werde dir helfen." Der Graf hielt kurz inne und Waltraud fragte sich, was er im Schilde führte. „Ja, ich werde dir

Zeit bis in alle Ewigkeit geben, um darüber nachzudenken, was eine edle Jungfrau ihrem Vater schuldet."

„Wollt Ihr mich in dem Wachturm gefangen halten? Vater, das könnt Ihr mir nicht antun. Ich bin noch immer Eure Tochter."

Der Graf drehte Waltraud den Rücken zu. „Beginnt mit eurer Arbeit. Bis zum Abend müsst ihr fertig sein. Sie bekommt nur einen Stein und diese Schüssel mit etwas Wasser in ihre Kammer, ansonsten nichts!"

Waltraud versuchte zu verstehen, was ihr Vater im Schilde führte. Von welch einer Kammer sprach er? Und was meinte er, wenn er sagte, er wolle ihr Zeit zum Nachdenken bis in alle Ewigkeit geben? So sehr sie sich auch mühte, sie verstand seine Worte nicht.

Erst als die Männer begannen, mit den Steinen eine Mauer aufzurichten, dämmerte ihr, was ihr Vater vorhatte.

„Nein", flüsterte sie entsetzt. „Vater, das könnt Ihr mir nicht antun."

„Du wirst sehen, dass ich es kann", erwiderte der Graf böse. „Du wirst nie wieder mit jemandem sprechen, keinem Menschen mehr von Angesicht zu Angesicht begegnen!"

„Vater!", schrie Waltraud entsetzt auf und machte einen Schritt vorwärts. Doch einer der Schergen stieß sie zurück in die Nische.

„Schweig still und bete", lachte der Graf und drehte ihr den Rücken zu. „Hier kommst du niemals mehr lebend heraus."

Außer sich vor Schmerz rief Waltraud: „Vater, ich hasse Euch! Das werdet Ihr mir büßen! Ich werde Euch im Schlaf verfolgen, bis Ihr mich hier aus diesen Qualen entlasst."

Zur Antwort hörte sie das hämische Lachen ihres Vaters, der bereits den Wachturm verlassen hatte.

In Waltraud bäumte sich all ihr Widerstand auf. Wütend versuchte sie, wieder auf die Füße zu kommen. Doch kaum stand sie vor der niedrigen Mauer, da wurde sie von dem Wachmann abermals zu Boden geworfen.

„Ihr habt gehört, was der Graf gesagt hat. Ihr bleibt dort!"

Waltrauds Knie brannten, doch sie rappelte sich abermals hoch und trat an die kleine Mauer.

„Ihr wollt es nicht anders, nicht wahr?", grinste der Mann und schlug ihr mit der Faust ins Gesicht.

Waltraud spürte, wie ihr übel wurde, und sie stürzte. Dann verlor sie die Besinnung.

Irgendwann kam sie wieder zu sich. Stöhnend betastete sie ihr Gesicht. Um sie herum war es finster, und nur ein kleines Loch in der Wand ließ etwas Licht in ihr Gefängnis.

Die Männer mussten schnell gearbeitet haben, denn direkt vor ihren Füßen ragte eine Mauer auf. In ihrem Gefängnis war es so eng, dass sie gerade noch stehen konnte.

Waltraud schloss erschöpft wieder die Augen. Sie wusste, dass ihr Vater ein Tyrann war. Doch dass er zu solch grausamen Taten fähig war, konnte sie nicht glauben. Die Kälte in ihrem Herzen schien sich in ihrem ganzen Körper auszubreiten und lähmte jede Bewegung. Vor ihrem inneren Auge tauchten wieder die Bilder von Paul auf, wie er blutüberströmt im Sand lag. Tränen liefen ihr über die Wangen und brannten in ihrem geschundenen Gesicht.

Schluchzend begann sie, gegen die Wand zu hämmern. „Lasst mich hier heraus", wimmerte sie und spürte, wie ihre Haut an den Händen aufplatzte. „Gibt es denn niemanden, der mir hilft?" Lauschend hielt sie inne, doch von der anderen Seite der Wand war kein Ton zu hören. Wie von Sinnen begann sie, an den Steinen zu kratzen und zu zerren. Irgendwann war sie so erschöpft, dass sie nicht einmal mehr rufen konnte. Sie sah die Schüssel Wasser, die neben ihr auf dem Boden stand, und streckte die Hand danach aus. Ihre Finger waren vom Kratzen an der Wand so zerschunden, dass sie die Schüssel nicht mehr greifen konnte und sie umstieß. Regungslos beobachtete sie, wie das Wasser in den Ritzen versickerte. Völlig entkräftet lehnte sie sich an die Mauer und schloss die Augen. Sie rief sich das Bild ihres Vaters in ihre Gedanken und spürte, wie großer Hass sie durchströmte.

„Ich werde dich heimsuchen", flüsterte sie vor sich hin. „Ich werde dich leiden lassen, so wie du mich quälst. So lange, bis ich hier aus diesem Gefängnis befreit werde."

Die Zeit verging nur langsam, und Waltraud erlitt unmenschliche Qualen in ihrem engen Verlies. Jede Faser ihres Körpers schmerzte, doch bis zum Schluss gab sie die Hoffnung nicht auf, dass ihr Vater sie aus dem Gefängnis wieder befreien würde. Erst nach Tagen verlor sie die Besinnung, und der Tod erlöste sie von ihrem Schicksal.

Von diesem Tage an spukte sie Nacht für Nacht in der Burg und raubte ihrem Vater den Schlaf. Der Graf wurde von Tag zu Tag kränker und unruhiger und quälte seine Dienerschaft mehr denn je. Als er eines Tages tot im Wachturm lag, fragte keiner der Burgbewohner, wie er gestorben und wie sein Leichnam dorthin gekommen war.

Der Spuk dauerte an, bis 1844 bei Ausbesserungsarbeiten Waltrauds Leiche hinter der Mauer gefunden wurde. Die neuen Besitzer der Burg konnten sich den schauerlichen Fund nicht erklären und fragten die Alten aus Manderscheid. Diese erzählten ihnen von dem Grafen, der seine Tochter aus Hass hatte einmauern lassen. Entsetzt ließen die neuen Besitzer die sterblichen Überreste Waltrauds auf dem Friedhof beisetzen, und von diesem Tage an hörte der nächtliche Spuk auf der Niederburg auf.

Das Haykreuz von Cochem

Zwischen Büchel und Cochem stand einst das Haykreuz. Es hatte seinen Namen von einer Frau, die vor vielen Jahren an dieser Stelle ihren Mann verloren hatte. Die Leute der Gegend erzählten sich, es würde am Haykreuz spuken. Niemand wusste, wo der Geist herkam oder warum er just an diesem Kreuz sein Unwesen trieb. Doch er erschreckte Wanderer und Gläubige gleichermaßen durch sein Gejammer und Gestöhne. Die Leute aus Büchel und Cochem erzählten sich, dass dieser Spuk Unglück brächte, und so kam es, dass jedermann das Kreuz mied, um dem Geist nicht zu begegnen.

„Nun komm etwas schneller", schalt Johanna ihren Sohn, als sie sich dem Kreuz näherten, „es ist schon spät am Tage und wir müssen uns beeilen, bald beim Großvater anzukommen. Er wartet sicher schon ungeduldig auf uns."

Konrad versuchte, mit seiner Mutter Schritt zu halten. „Warte, Mutter, meine Füße tragen mich nicht schneller."

Johanna ignorierte sein Jammern und behielt ihren strammen Schritt bei. Normalerweise mied sie den Weg am Haykreuz vorbei. Doch heute waren sie zu spät aufgebrochen, und da es bereits zu dämmern begann, wählte sie den kürzesten Weg zu ihrem Vater.

„Oh ...", stöhnte in diesem Augenblick eine tieftraurige Stimme neben dem Kreuz, „bitte helft mir ..."

„Oh nein", murmelte Johanna, „komm, lass uns diesen Ort geschwind verlassen."

Konrad stolperte neben seiner Mutter her und versuchte zurück zum Kreuz zu sehen. „Aber Mutter, da ersucht uns jemand um Hilfe."

Johanna schwieg und zog Konrad unerbittlich weiter.

„Mutter, so hört doch ..."

„Konrad, schweig still! Niemand ist dort. Es war nur der Wind, den du vernahmst."

„Nein, Mutter", beharrte Konrad, „ich habe eine Frau weinen hören."

„Mein Sohn, es reicht jetzt", erwiderte Johanna voller Ungeduld. „Wenn du nicht endlich folgst, so gerb ich dir das Fell!"

Der Knabe erkannte, dass seine Mutter immer ungehaltener wurde, und schwieg. Dennoch wandte er immer wieder den Kopf und sah zurück zum Kreuz. Dort erblickte er eine greise Gestalt, die ihm zuwinkte. Und dann ... Er erstarrte für einen Augenblick – hatte er nicht eben in den letzten Sonnenstrahlen am Kreuze etwas aufleuchten sehen? Konrad versuchte zu erkennen, was dort glitzerte. Doch seine Mutter zog ihn erbarmungslos fort, und ihm blieb nichts anderes übrig, als hinter ihr herzulaufen.

Erst als sie das Kreuz nicht mehr sehen konnten, verlangsamte Johanna ihren Schritt und atmete hörbar auf. Am liebsten hätte Konrad sie nach dem Grund gefragt, warum sie plötzlich so ängstlich gewesen war. Doch er fürchtete ihre Schelte und schwieg lieber.

Der Großvater erwartete die beiden schon an der Haustür. „Da seid ihr ja endlich!", rief er ihnen entgegen. „Ich hatte bereits Sorge um euch."

Konrad lief dem guten Alten entgegen und umarmte ihn stürmisch. „Guten Abend, Großvater", lachte er. „Wir sind heut' später aufgebrochen. Aber Mutter hat eine Abkürzung genommen, und so treffen wir doch viel schneller bei Euch ein als sonst."

„Eine Abkürzung?"

„Wir sind am Haykreuz vorbeigegangen", erwiderte Johanna und schüttelte sich vor Unbehagen.

„Ja", bekräftigte Konrad, „und an dem Kreuze stand eine Frau und weinte. Doch Mutter wollte ihr nicht helfen und ..."

„Konrad", unterbrach Johanna ihren Sohn gestreng, „niemand war dort! Merke dir das!

Wenn du noch ein einziges Wort darüber verlierst, sperre ich dich in der Stube ein."

Konrad blickte voller Verwirrung in das erboste Antlitz seiner Mutter. Was hatte er nur getan, dass sie so zornig war?

„Liebes Kind", wandte sich der Großvater an Johanna, „lass ab von dem Knaben, er meint es gewiss nicht bös. Wir wollen uns doch lieber an unserem Wiedersehen erfreuen und uns zu einem kleinen Mahl niedersetzen." Liebevoll blickte er seinen Enkel an und versprach: „Für dich, mein Junge, sind ein paar ganz besondere Leckerbissen dabei."

Doch Konrad ging still ins Haus und grübelte. So zornig wie heute am Haykreuz hatte er seine Mutter noch nie gesehen. Doch da sie sich nun schon zum zweiten Mal wegen des Kreuzes erzürnt hatte, beschloss er, von Stund an nichts mehr darüber zu sagen.

Doch in der Nacht dachte er fortwährend an das alte Kreuz und fragte sich, wer die alte Frau dort wohl gewesen war. Gegen Morgen beschloss er, noch einmal dorthin zurückzukehren.

Als die ersten Sonnenstrahlen in sein Zimmer fielen, stand er auf, kleidete sich, so leise er konnte, an, kletterte aus dem Fenster und eilte zum Haykreuz. Obwohl er den Weg am Vortage zum ersten Male gegangen war, fand er ihn sofort wieder. Schon von Weitem erblickte er das einfache Holzkreuz, das halb im Unkraut verschwand. Was war es nur, dass seine Mutter so über die Maßen aufgebracht hatte? Neugierig kniete der Knabe neben dem Kreuz nieder und betrachtete es aufmerksam. „Oh", erklang in diesem Augenblick die leise klagende Stimme neben ihm.

Konrad hob den Kopf und sah ein altes Weib, das beide Arme nach ihm ausstreckte.

„Bitte hilf mir", weinte es.

Konrad erhob sich und betrachtete die Alte furchtlos. Doch dann erstarrte er. Wahrhaftig: Er konnte durch sie hindurchsehen, als wäre sie aus Glas!

Entsetzt schrie er auf und wollte die Flucht ergreifen. „Oh nein, nein", jammerte die Geisterfrau erneut, „bitte erbarm dich, guter Junge und bleib hier bei mir! Ich will dir nichts zuleide tun. Wenn du mir doch nur helfen wolltest ..."

Konrad versteckte sich hinter einem dichten Gestrüpp und schloss für einen Moment die Augen. Hatte er wirklich ein Gespenst gesehen? Und das am frühen Morgen? Ängstlich kroch er noch tiefer in das Unterholz. Jetzt verstand er, warum seine Mutter nicht wollte, dass er sich an dem Kreuz aufhielt oder davon sprach. Doch was sollte er nun tun? Wenn er versuchte, schnell nach Hause zu kommen, so musste er noch einmal an dem Kreuz vorbeilaufen. Konrad spürte, wie ihm die Tränen in die Augen traten. Warum, ach, warum hatte er nicht auf seine Mutter gehört und sich von dem Kreuze ferngehalten? Das leise Klagen der Frau drang wieder an sein Ohr. Furchtsam spähte er durch das Geäst und sah das alte Weiblein weinend am Kreuz stehen. Es schien ihn völlig vergessen zu haben, denn es bückte sich nun wie im Traum und hob das Kreuz auf die Schultern. Langsam und gebückt schlich die Geisterfrau den Weg entlang.

„Konrad", ertönte in diesem Augenblick die Stimme seines Großvaters, „wo bist du, mein Junge?"

„Hier!", rief Konrad voller Erleichterung und kroch aus dem Buschwerk.

Der Großvater lief auf ihn zu und schloss ihn in seine Arme. „Bengel, hab ich dich endlich gefunden! Du hast uns einen bösen Schrecken eingejagt. Deine Mutter ist ganz außer sich vor Sorge."

„Verzeiht, Großvater."

Der Großvater blickte zu dem Kreuz hinüber und schwieg.

„Großvater?"

„Ja?"

„Darf ich Euch ein Geheimnis anvertrauen?"

„Gewiss, mein Junge, ich werde nichts verraten."

„Mutter würde sicherlich schrecklich schimpfen. Aber ich habe die Frau heute wieder gesehen und", Konrad senkte unwillkürlich die Stimme und rückte näher an den Großvater heran, „ich glaube, sie ist ein Geist."

„Also stimmt es", murmelte der Großvater,

„Ich muss zugeben, dass ich den Geist noch nie mit eigenen Augen sah. Doch es wird erzählt, dass er einen jeden ins Unglück stürzt, der ihm begegnet."

„Oh weh, werde ich nun sterben müssen?"

Der Großvater kniete sich vor seinen Enkel und blickte ihm tief in die Augen. „Es war sehr leichtsinnig von dir, allein hierherzukommen. Doch jetzt bin ich bei dir und werde dich vor dem Geist beschützen."

Konrad seufzte und legte vertrauensvoll seine kleine Hand in die des Großvaters. „Ich bin froh, dass Ihr hier bei mir seid. Noch nie in meinem Leben durchstand ich solche Angst."

„Dann komm und lass uns heimkehren. Deine Mutter wird glücklich sein, wenn sie dich endlich unversehrt weiß."

Konrad hielt die Hand des Großvaters fest umschlossen, als sie am Kreuz vorbeikamen.

„Und, gutes Kind – siehst du etwas? Meine alten Augen können in der Dämmerung nichts erkennen", flüsterte der Großvater.

Konrad wollte gerade verneinen, als er ein leises Wimmern vernahm. Erschrocken blieb er stehen. „Hört Ihr dies? Ich glaube, der Geist ist noch hier."

Der Großvater nickte stumm, und Konrad drängte sich noch näher an ihn heran.

„Ich bitt euch, lauft nicht weg", bettelte eine körperlose Stimme. „Ich bin nicht schlecht und tue niemandem ein Leid an."

Konrad sah seinen Großvater mit großen Augen an. Was würde er nun tun? Würde er die Flucht ergreifen wie alle anderen? Oder würde er versuchen, dem Geist aus seinem Elend zu helfen?

„Woher sollen wir wissen, dass Ihr die Wahrheit sprecht? Wir hörten, dass Ihr schon viele Menschen ins Unglück gestürzt habt!"

Kaum hatte der Großvater dies gesagt, da sah Konrad, wie sich eine Gestalt unter dem Baum bildete. „Ich weiß nicht, warum man mir solch schändliche Taten nachsagt. Noch nie habe ich einem Menschen absichtlich Schaden zugefügt."

„Und was geschah mit dem Fuhrmann und der Wäscherin?", fragte der Großvater voller Zweifel und schob Konrad hinter sich.

„Beide hatten sich vor meiner Gestalt erschreckt, das will ich wohl zugeben. Aber ihre Unfälle habe ich nicht verschuldet. Hätten sie mir einfach nur zugehört, ohne Hals über Kopf davonzustürmen – es wäre ihnen nichts geschehen", beteuerte die alte Frau und griff wieder nach ihrem Holzkreuz, das ebenfalls durchsichtig war.

„Warum seid Ihr hier und tragt dies Kreuz?", begehrte Konrad zu wissen und schaute vorsichtig hinter dem Rücken des Großvaters hervor.

„Ach, ich muss für eine schwere Sünde, die ich im Leben beging, büßen, und da sich niemand findet, der mir helfen will, muss ich dieses Leid bis in alle Ewigkeit weiter ertragen", schluchzte sie und wollte schon entschwinden. Doch Konrad kam nun vollends hinter dem Großvater hervor.

„Warte!", rief er und lief ihr ein Stückchen hinterher.

„Konrad, um Himmels willen, was tust du?", schrie der Großvater, außer sich vor Angst, „lass den Spuk ziehen und bleib hier bei mir!"

„Aber wenn wir der armen Alten helfen könnten ...", erwiderte Konrad und sah seinen Großvater bittend an, „sie wird uns ganz sicher nichts zuleide tun. Bisher hat sie uns nicht angerührt, und es wäre ihr doch ein Leichtes gewesen."

Der Großvater sah voller Misstrauen zu dem klagenden Geist hinüber. „Wie sollten wir ihr helfen? Das Kreuz können wir nicht für sie tragen. Und welche Sünde sie begangen hat, ist uns nicht bekannt. Selbst wenn wir es wüssten, wir könnten das Vergehen ja doch nicht mehr ungeschehen machen."

„Aber wir könnten sie fragen, warum sie hier jeden Tag weinend als Geist umhergehen muss."

„Es ist dir ein Herzenswunsch, ihr beizustehen, nicht wahr, mein Junge?"

Konrad blickte zu der bedauernswerten Gestalt hinüber und nickte. „Ja, das möchte ich. Der Herr Pfarrer hat uns am Sonntag in der Messe gelehrt, dass ein Christenmensch jedem Bedürftigen helfen soll. Nur dies weist den Weg in den Himmel. Und eines ist doch gewiss: Die Geisterfrau braucht Hilfe."

„So wollen wir denn dafür Sorge tragen, dass du dereinst im Himmel aufgenommen wirst", sprach der Großvater ernst, „der armen Frau soll geholfen werden." Darauf wandte der gute Alte sich wieder an den Geist: „Was ist der Grund für Eure harte Strafe? Welches Verbrechens habt Ihr Euch denn zu Lebzeiten schuldig gemacht?“

Gebannt starrte Konrad zu dem Geist hinüber. Zuerst sah es so aus, als habe das alte Weib die Worte des Großvaters nicht vernommen, denn es fuhr fort, weinend auf- und abzugehen. Schließlich jedoch hob sie ihr tränenüberströmtes Gesicht und sah zu ihnen hinüber.

„Nun?“, fragte der Großvater abermals. „Möchtet Ihr uns Eure Geschichte nicht erzählen?“

„Ich erleide meine grausame Strafe, weil ich mich zu Lebzeiten durch Geiz und Eigennutz schuldig gemacht habe.“

„Zu welchen Taten verleiteten Euch diese Sünden?“ Der Geist setzte sein Kreuz ab und kam einen Schritt näher. Konrad lief es kalt den Rücken hinunter, und er verbarg sich schutzsuchend hinter dem Großvater.

„Vor vielen, vielen Jahren lebte ich in Büchel. Mich quälte im Alter oft die Gicht, und als ich einmal einen besonders bösen Anfall erlitt, betete ich hier an diesem Ort den Herrn um Hilfe an. Hier stand damals ein anderes Kreuz, das bereits morsch und verfallen war.“ Sie schwieg einen Moment und Konrad sah, wie sie sich über die Arme strich.

„Der Herrgott gewährte mir die Bitte und nahm mir den Schmerz. Ich gelobte ihm hierfür, das alte Kreuz durch ein neues zu ersetzen. Doch ich war zu arm, um mein Gelübde zu erfüllen.“

Kaum hatte sie den letzten Satz ausgesprochen, da begann es zu stürmen. „Halt ein!“, rief sie dem Sturm entgegen, „ich will ja die Wahrheit sprechen! Ich war zu geizig, um ein Kreuz zu kaufen.“

Kaum hatte sie diese Worte ausgesprochen, da legte sich der Sturm genauso schnell, wie er aufgekommen war. Konrad und der Großvater sahen voller Staunen in den wolkenlosen Himmel. Wo war das Unwetter denn plötzlich hergekommen und wie konnte es so schnell wieder enden?

„Nun“, riss die Stimme des Geistes sie aus ihren Gedanken, „als die Gliederschmerzen zurückkehrten, erinnerte ich mich an meine erste Heilung und beschloss, dem Herrgott nun endlich ein Opfer darzubringen. Ich bat jedermann im Dorf, mir zu helfen, ein neues Kreuz herzustellen. Mein Nachbar hatte ein Eichenstämmchen, das er mir für den guten Zweck gab. Der Schreiner erklärte sich bereit, das Kreuz wohlfeil zu fertigen, der Anstreicher strich es an und zu guter Letzt erklärte sich ein Bauer bereit, es hier aufzustellen.“ Sie hob kurz den Kopf zum Himmel, ehe sie fortfuhr: „All die guten Männer sind sicherlich vom Herrgott reich für ihre selbstlose Hilfe belohnt worden.“

„Aber Euch gewährte er diese Gnade wohl nicht“, warf der Großvater ein.

„Nein“, flüsterte der Geist niedergeschlagen und senkte den Kopf. „Als ich vor den Herrgott treten musste, dachte ich zuerst, er würde mich für meine Tat belohnen. Doch stattdessen legte er mir das Kreuz auf die Schulter und sagte, ich müsse zurück zum Haykreuzflur und es solange tragen, bis ...“

Erstaunt sahen Konrad und der Großvater, wie der Geist sich verflüchtigte.

„Warte doch!“, rief Konrad. „Was muss geschehen, damit Ihr erlöst werdet?“

Doch zur Antwort hörten sie nur ein körperloses Weinen.

Enttäuscht sah Konrad seinen Großvater an. „Und nun? So haben wir wieder nicht erfahren, wie wir die arme Alte von ihrem Elend befreien können.“

„Wohl wahr“, sagte der Großvater, „wodurch der Fluch ein Ende finden kann, das hat sie nicht verraten. Doch jetzt sollten wir das Schicksal des Geistes für einen Augenblick vergessen und nach Hause eilen. Deine Mutter wartet sicher voller Sorge und Angst auf uns. Doch was wir gerade gesehen und gehört haben, das wollen wir zunächst verschweigen, nicht wahr, mein Junge?“ Konrad nickte folgsam. Das geheime Bündnis mit dem Großvater war ihm nur recht, denn er ahnte, dass es seine Mutter fürchterlich erzürnen würde, wenn sie erfuhr, dass er erneut zum Haykreuz gelaufen war. „Doch können wir denn gar nichts für den armen Geist tun, Großvater?“

Der Großvater schwieg, nahm gedankenvoll Konrads Hand in die seine und führte ihn langsam nach Hause. Immer wieder blickte Konrad hoch, seinem Großvater ins Antlitz, und versuchte, einen Blick von ihm zu erhaschen, doch der war tief in Gedanken versunken, und so wagte Konrad es nicht, ihn abermals nach dem Geist zu fragen.

Erst kurz bevor sie das Haus des Alten erreicht hatten, brach dieser sein Schweigen. „Ich werde darüber nachsinnen, mein lieber Konrad. Wenn du nächste Woche wieder in mein Haus kommst, sage ich dir, was wir tun.“

In den nächsten Tagen dachte Konrad oft an den Geist am Haykreuz und fragte sich, was der Großvater wohl für einen Plan fassen würde. Ob er abermals dort hingehen würde, um auch das Ende der Geschichte zu erfahren? Konrad konnte es kaum erwarten, den Großvater wiederzusehen, und als die Woche endlich herum war und sie sich auf den Weg zu ihm machten, war er ungeduldig und drängte seine Mutter zur Eile. Den ganzen Weg rannte er immer wieder ein Stücklein voraus und atmete erleichtert auf, als endlich das Haus des Alten in Sicht kam. So schnell er konnte, rannte er zum Gartentor.

„Großvater!“, rief er freudestrahlend, als er ihn im Garten stehen sah. „Da sind wir wieder!“ Stürmisch fiel er dem rüstigen Alten um den Hals. „Habt Ihr denn schon einen Plan geschmiedet?“, flüsterte er ihm dabei ins Ohr.

„Du junger Heißsporn“, lachte dieser und wirbelte Konrad mit seinen starken Armen durch die Luft. „Du musst dich noch ein Weilchen in Geduld üben. Wir sprechen später darüber, wenn deine Mutter aus dem Haus ist, um auf den Markt zu gehen.“

Konrad wartete nun voller Ungeduld darauf, dass seine Mutter das Haus verließ. Endlich machte sie sich auf den Weg, und er atmete erleichtert auf.

„So“, lächelte der Großvater, nachdem Johanna gegangen war, „nun komm mal mit mir. Ich war die Woche über recht fleißig.“

„Großvater!“, rief Konrad, „Ihr wolltet mir doch sagen, was wir für die arme Geisterfrau tun können.“

„Ja, ja, natürlich. Folge mir in die Scheune, mein Junge.“

Konrad rannte zur Scheune und zog hastig die Tür auf, konnte aber nichts Ungewöhnliches entdecken.

„Großvater“, rief er ungeduldig, „wo habt Ihr Euer Werk denn versteckt?“

„So schau doch, es steht ja gerade vor deiner Nase.“

„Aber das ist doch nur ein gewöhnliches Holzkreuz“, maulte Konrad.

„Genau das meine ich ja“, erwiderte der Alte.

Konrad verschränkte die Arme. „Jetzt wollt Ihr mich zum Narren halten. Was soll denn unsere Geisterfrau mit einem Holzkreuz? Sie besitzt doch bereits eines, das sie immerzu schleppen muss.“

„Wart ab, mein Junge“, lachte der Großvater, „lass uns nun just zu dem alten Haykreuz gehen. Dann wirst du sehen, was ich ersonnen habe.“

„Wie Ihr wollt“, antwortete Konrad und schwieg. Er hatte gehofft, der Großvater hätte einen abenteuerlichen und ungeheuerlichen Plan, wie sie den Geist befreien konnten. Doch stattdessen hatte er nur ein neues Kreuz gezimmert.

Schweigend zogen sie gemeinsam den Holzkarren zu dem Platz, wo das Haykreuz stand. Schon von Weitem konnten sie das Jammern und Klagen des Geistes hören, der sein Kreuz den Weg auf und ab trug. Konrad spürte, wie ihm wieder die Angst den Nacken heraufkroch, und hielt sich dicht an dem Großvater. Am liebsten hätte er dessen Hand genommen, doch der Großvater brauchte seine beiden, um den kleinen Karren zu ziehen.

Als sie am Haykreuz angekommen waren, nahm der tapfere Alte schweigend das neue Kreuz von dem Wagen und stellte es direkt neben dem anderen auf.

Konrad betrachtete die beiden Kreuze. „Ich finde, das alte Kreuz sieht noch gut aus. Sie braucht gar kein neues.“

„Ja, da magst du wohl recht haben.“

„Dann verstehe ich nicht, warum wir noch ein weiteres dazu stellen.“

Der Großvater lächelte Konrad freundlich zu: „Du wünschtest dir doch nichts sehnlicher als die Gelegenheit, eine gute Tat zu vollbringen. Ich dachte bei mir, wenn wir für den Geist ein neues Kreuz stiften, dann wird er vielleicht erlöst. Schließlich haben wir es selber hergestellt, oder? Wollen wir es nicht einfach einmal versuchen?“

„Aber ich habe doch gar nichts dazu getan“, murmelte Konrad traurig.

„Gewiss hast du das, Konrad“, sprach der Großvater mit einem Leuchten in seinen hellen Augen. „Du hast mir geholfen, den Karren zu ziehen, und vor allem hast du mich auf den Gedanken gebracht. Das ist doch wahrlich viel an guten Taten?“

Konrad drehte den Kopf und blickte zu der Geisterfrau hinüber, die ihnen gar keine Beachtung zu schenken schien und fortfuhr, ihr Kreuz den Weg entlangzuschleppen.

„Es scheint keine Wirkung zu tun, dass wir ein neues Kreuz hier aufgestellt haben“, flüsterte Konrad.

„Vielleicht müssen wir erst einen Segen sprechen“, erwiderte der Großvater und erhob sich. „Möchtest du dies tun?“

Konrad senkte den Kopf. „Ich kenne doch die rechten Worten nicht“, murmelte er beschämt.

Der Großvater sagte ihm leise ein paar Worte ins Ohr, worauf sich Konrads Miene erhellte. Mutig trat er einen Schritt vor.

„Gütiger Gott“, rief er feierlich. „Bitte verzeih dieser armen Seele. Wir stiften das neue Kreuz, damit sie endlich ihren Frieden finden kann.“

Kaum hatte Konrad die Worte ausgesprochen, da war der Geist auch schon verschwunden. Der Großvater und Konrad blickten einander erstaunt in die Augen.

„War dies alles, was vonnöten war?“, flüsterte Konrad.

Der Großvater zuckte ratlos mit der Schulter. „Es scheint so zu sein, mein Sohn.“

In diesem Augenblick gewahrten sie ein Licht an dem alten Kreuz aufleuchten. Zuerst war es ganz klein und unscheinbar. Doch nach und nach wurde es größer und immer heller, und ein leichtes Summen erklang. Nach ein paar Minuten leuchtete das gesamte Kreuz. Gebannt beobachteten der alte Mann und sein Enkel, wie das alte Holz sich auflöste und hunderte bunte Schmetterlinge emporflogen.

Konrad hob den Kopf und lachte. Ein flinker kleiner Schmetterling ließ sich just auf seiner Nasenspitze nieder.

„Danke“, vernahmen sie die Stimme des Geistes. „Nach all den bitteren Jahren endlich wurde mir vergeben und ich kann in Frieden gehen. Habt vielen Dank!“

Konrad griff vorsichtig nach dem kleinen Schmetterling. Doch kaum hatte er ihn berührt, da verwandelte er sich in einen bunten Stein. Erschrocken ließ er ihn fallen.

„Oh, schau nur, Großvater“, rief er verwirrt. „Was ist aus dem Schmetterling geworden?“

„Ich denke, der Schmetterling ist wohlauf. Der bunte Stein ist gewiss ein kleines Geschenk, das dir der erlöste Geist hinterlassen hat.“

„Glaubst du, ich darf ihn behalten, Großvater?“

„Aber gewiss darfst du das.“

Konrad nahm vorsichtig den bunten Stein in die Hand und staunte, wie wundersam dieser im Sonnenlicht leuchtete. Er blickte zum Himmel auf und dankte leise dem entschwundenen Geist, der durch seine Hilfe nun zur Ruhe gekommen war.

Frohen Herzens ergriff er die Hand seines Großvaters und sie machten sich auf den Heimweg.

Von diesem Tage an war der Spuk am Haykreuz vorbei. Nur Konrad und sein Großvater wussten, was sich dort genau zugetragen hatte, und sie behielten das Geheimnis für immer bei sich.

Die Jungfer Agnes von Eltz

Einst lebte auf der Burg Eltz eine junge Maid mit dem Namen Agnes. Sie war liebreizend vom Wesen, aber sehr ungestüm und wild. Stille Nachmittage in der Kemenate ihrer Mutter waren eine Tortur für sie. Daher stahl sie sich so oft sie konnte davon, um mit ihren Brüdern durch die Wälder zu streifen. Da diese ihr keinen Wunsch abschlagen konnten, nahmen sie Agnes zu jeder Gelegenheit mit auf ihre Streifzüge. Sie lehrten sie das Kämpfen und Reiten, und bald stand sie ihren Brüdern in Geschicklichkeit nichts nach. Trotz ihrer Wildheit vermochte ihre Mutter ihr höfisches Aufwarten und feines Gebaren beizubringen. Agnes lernte, ihr Temperament in Gesellschaft zu zügeln und sich wie eine Dame zu benehmen.

Nun hatte ihr Vater bereits, als Agnes noch in der Wiege lag, ein Eheversprechen mit dem Hause zu Braunsberg vereinbart. Agnes lernte den Junker zu Braunsberg schon in Kindertagen kennen, doch sie wusste nicht so recht, was sie mit ihm anfangen sollte. Nie beteiligte er sich an ihren Wettkämpfen und Spielen. Mit den Jahren wurde ihr Verhältnis immer kühler, da er von Tag zu Tag verschlossener und missmutiger wurde. Niemals fand er ein freundliches Wort für Menschen, die einfacher waren als er. Höhergestellten Persönlichkeiten hingegen begegnete er mit schmeichlerischer, unterwürfiger Höflichkeit. Sein Betragen war Agnes so zuwider, dass sie mit allen Mitteln versuchte, ihren Vater von der bevorstehenden Heirat abzubringen. Doch selbst die Drohung, den Schleier zu nehmen, hielt den Grafen nicht davon ab, an dem vielversprechenden Ehevertrag festzuhalten. So kam dann der Tag, an dem auf der Burg Eltz zu Ehren ihrer Verlobung ein großes Fest gefeiert werden sollte.

Mit glänzenden Augen betrachtete Agnes das Festbankett. Sie liebte das bunte Treiben um sich herum, auch wenn sie mit Grausen an den Grund des Festes dachte. Unwillkürlich sah sie hinüber zu dem Junker von Braunsberg und erschauderte. Bisher hatte er sie mit seiner Anwesenheit verschont und schien sich lieber dem Burgunderwein zu widmen, als mit ihr zu plaudern. Finster und missmutig blickte er in die Runde. Seine unsteten Augen und sein verkniffener Mund erinnerten sie an das Aussehen einer wilden Eule. Allein der Gedanke, ihn berühren zu müssen, bereitete ihr Schwindel.

In diesem Moment spielte die Kapelle zum Tanze auf, und ein junger Adliger trat an ihre Seite. „Wie wäre es mit einem Tanz, Jungfer Agnes?", lachte er sie an. Agnes lächelte zurück und erhob sich. Jeder Anlass, nicht mehr über ihren griesgrämigen zukünftigen Verlobten nachdenken zu müssen, war ihr hochwillkommen.

„Mit Vergnügen", antworte sie daher und reichte dem jungen Mann ihren Arm.

Bald verging die Zeit wie im Fluge, und sie tanzte mit vielen Adligen und Rittern. Irgendwann hatte sie den Junker von Braunsberg vergessen und genoss einfach nur das wundervolle Fest.

In einer der Tanzpausen setzte sie sich auf einen Schemel und nippte an einem Kelch Wein. Der Abend verlief glänzend, und da ihr Vater ihre Verlobung bisher noch nicht bekannt gegeben hatte, war alles nach ihrem Geschmack.

Da verspürte sie einen festen Griff an ihrem Arm und wandte den Kopf. Vor ihr stand der Junker von Braunsberg und blickte sie finster an.

„Ihr scheint Euch ja bestens zu zerstreuen", zischte er leise.

Agnes sah ihn spöttisch an. „Ja, ebenso ist es. Schließlich wird dieses Fest zu unseren Ehren gegeben."

„Ach, uns zu Ehren? Oder sollte es nicht eher heißen, um Eurer Eitelkeit zu schmeicheln?"

„Jetzt werdet nicht unbotmäßig", erwiderte Agnes ungehalten.

„Euer Benehmen ist schändlich", schimpfte er und zog sie hoch.

Agnes entzog sich seinem Griff. „Ich benehme mich schändlich? Wie könnt Ihr es wagen, so mit mir zu reden!"

„Ich bin wegen meiner Braut an diesen Ort geeilt. Sie sollte mir all ihre Aufmerksamkeit schenken, doch stattdessen erweist sie allen anderen Männern hier im Saale ihre Gunst", erwiderte er spitz.

„Nun, dann solltet Ihr Euch auch um Eure Braut bemühen und ihr den Hof machen, anstatt nur dem Burgunder zuzusprechen."

„Ja, ich sollte Euch wirklich mehr Aufmerksamkeit schenken", knurrte er mit wutverzerrtem Gesicht und riss sie mit einem Ruck an sich. Bevor Agnes seines Vorhabens gewahr wurde, hatte er ihr schon seine feuchten Lippen auf ihren Mund gepresst. Seine gierigen Hände glitten hastig über ihren Körper, und für einen Moment war sie zu verwirrt, um etwas dagegen zu unternehmen. Doch dann riss sie sich los und versetzte ihm eine derart kräftige Ohrfeige, dass er benommen zurücktaumelte.

„Wie könnt Ihr es wagen!", herrschte sie ihn aufgebracht an.

Der Saal erstarrte und mit einem Male war nicht der geringste Laut zu vernehmen. Alle Augen waren auf Agnes und den Junker gerichtet.

„Ihr seid ein rechter Dummkopf! So ein unverschämtes Betragen erdulde ich von niemandem, und am allerwenigsten von Euch! Für mich ist die Feier hiermit beendet", verkündete das Burgfräulein.

Der Junker starrte sie mit brennenden Augen hasserfüllt an und schwieg.

Bleich vor Wut wandte sie sich ab und eilte aus dem Festsaal. Wie konnte er sich erdreisten, sie so zu demütigen! Zitternd stürmte sie die Treppen hinauf, riss die Tür zu ihrem Gemach auf und warf sie mit aller Kraft krachend hinter sich zu. Dieser Narr! Er hatte sie mit seinem unwürdigen Gebaren zum Gespött gemacht! Ihr Zorn drohte ihr den Atem zu nehmen. Aufgebracht ergriff sie eine kostbare Vase und warf sie gegen die Wand, sodass sie in tausend Scherben zersprang.

„Agnes?" An der Tür erklang die Stimme ihres Vaters. „Darf ich eintreten? Oder laufe ich Gefahr, von gefährlichen Gegenständen erschlagen zu werden, wenn ich die Tür öffne?"

„Wenn Ihr gekommen seid", antwortete Agnes gereizt, „um mich zu diesem unflätigen Tölpel zurückzuholen, könnt Ihr gleich wieder gehen. Wenn mir dieser unverschämte Narr noch einmal unter die Augen kommt, werde ich ihn mit der Waffe fordern!"

Agnes' Vater öffnete vorsichtig die Tür. „Du kannst dich beruhigen", beschwichtigte er, „der Junker von Braunsberg ist gerade mit seinen Mannen davongeritten. Also beende bitte die Zerstörung unseres wertvollsten Hab und Gutes."

„Möge er sich unterwegs den Hals brechen!"

„Agnes!"

Die Jungfer schob trotzig das Kinn vor. „Ihr könnt mir nicht vorwerfen, dass ich es nicht versucht hätte. Doch mit diesem Menschen ist einfach kein Auskommen!"

„Was genau ist denn nur geschehen?", fragte der Graf und betrat ihr Gemach.

„Habt Ihr es etwa nicht bemerkt?"

„Nein, ich war in ein Gespräch vertieft. Erst als du aus dem Saal stürztest und deine Brüder den Junker von Braunsberg wütend bedrängten, wurde ich gewahr, dass zwischen euch etwas vorgefallen sein musste."

Agnes stand auf. „Er hat mich ohne Erlaubnis vor allen Gästen geküsst. Und als wenn das nicht schon schlimm genug wäre, hatte er auch noch die Dreistigkeit, mich vor allen Gästen unschicklich zu berühren." Agnes spürte, wie erneut unbändige Wut von ihr Besitz ergriff.

„Er hat sich dir vor allen Gästen unsittlich angenähert?"

„Allerdings", schnaubte Agnes, „und dafür könnte ich ihm den Hals herumdrehen! Mich so vor der Gesellschaft zu entwürdigen!"

„Sein Handeln kann in der Tat nicht hingenommen werden", erwiderte der Graf.

Agnes blieb vor ihrem Vater stehen. „Was gedenkt Ihr nun zu unternehmen?"

„Ich werde nichts unternehmen", antwortete der Graf ruhig.

„Soll das etwa heißen, dass sein Benehmen ohne Folgen bleiben soll?"

„Ich befürchte, das Ganze wird in jedem Falle noch ein Nachspiel haben. Junker von Braunsberg wird sicher Rache nehmen wollen für das, was heute Abend vorgefallen ist."

Empört stampfte Agnes mit dem Fuß auf. „Er wird Rache nehmen wollen? Ich glaube wohl eher, dass ich viel eher das Recht hätte, mich zu rächen! Er hat mich verhöhnt, nicht ich ihn!"

„Nun beruhige dich", erwiderte ihr Vater beschwichtigend. „Wir wollen keine unnötige Fehde heraufbeschwören. Sein Verhalten war unwürdig. Doch du weißt, welch eitler Feigling er ist. Er hat sofort das Weite gesucht, als deine Brüder ihn zur Rede stellen wollten. Doch gerade aus diesem Grunde traue ihm durchaus zu, dass er unsere Burg nachts hinterrücks angreift."

„Ha! Soll er doch kommen. Ich werde ihm schon Beine machen." Agnes sah ihren Vater mit zusammengekniffenen Augen an.

„Sachte, meine Kleine", lächelte er sie an und nahm zärtlich ihr Kinn in die Hand. „Das werden wir Männer schon richten. Die Zeiten, in denen du mit den Junkern raufen durftest, sind schon lange vorbei."

„Wie Ihr wünscht", erwiderte sie widerstrebend. „Doch was wird nun aus dem Eheversprechen? Ihr werdet doch einsehen, dass ich ihn nach diesem Abend nicht mehr heiraten kann."

„Es betrübt mich sehr, dass diese günstige Verbindung mit dem Haus von Braunsberg nun nicht zustande kommt. Doch sehe ich auch, dass es unter den gegebenen Umständen nicht mehr möglich erscheint."

Agnes versuchte ihre Erleichterung zu verbergen, so gut sie eben konnte.

„Bestimmt werden wir schon bald eine neue passende Verbindung für dich finden", murmelte der Graf vor sich hin und wandte sich zur Tür. „Doch nun ruh' dich aus. Ich wünsche dir eine angenehme Nachtruhe."

„Ich Euch auch, Vater", erwiderte Agnes und sah dem Grafen nach, der zögernd ihr Zimmer verließ. Erleichtert ließ sie sich auf ihr Bett sinken. Beinahe war sie dem Junker für sein schlechtes Benehmen dankbar, denn nun musste sie ihn zumindest nicht mehr zum Gemahl nehmen.

An den darauffolgenden Tagen befand sich die Burg in höchster Alarmbereitschaft. Stündlich rechnete man mit einer Nachricht, einem Boten oder im schlimmsten Fall mit einem Angriff. Agnes durfte die Burg nicht mehr allein verlassen, und niemand vermochte Muße zu finden. Doch die Tage und Monate vergingen, ohne dass der Junker von Braunsberg etwas von sich hören ließ oder unternahm. Langsam beruhigte sich die Lage, und für die Bewohner kehrte allmählich wieder der Alltag ein. Eines Tages war es dann so weit, dass der Graf mit seinen Söhnen wieder durch die Lande reisen musste, denn allzu viele Dinge waren in letzter Zeit unerledigt geblieben. So mussten Ländereien besichtigt, Pachtverträge geregelt und nicht zuletzt die Grenzen gesichert werden. Da in den letzten Monaten alles ruhig geblieben war, ließ man nur eine kleine Besatzung zum Schutz der Burg und deren Bewohner zurück.

In der zweiten Nacht nach dem Aufbruch des Grafen vernahm Agnes nachts das Signalhorn des Wächters. Erst glaubte sie zu träumen, doch kurz darauf vernahm sie wildes Geschrei. Hastig stürmte sie zum Fenster und erschauderte. Deutlich konnte sie fremde Kämpfer sehen, die die Mauern der Burg stürmten und sich mit den Burgwächtern bereits die ersten Gefechte lieferten. Rastlos lief sie in ihrer Kammer umher. Was sollte sie tun? Untätig ihr Schicksal erwarten? Zu ihrer Mutter und den Frauen laufen? Voller böser Vorahnungen lief sie wieder zurück zum Fenster. Sie erschrak, als sie die Überzahl der Angreifer erfasste. Es waren ja nur wenige Kämpen zum Schutz der Burg zurückgelassen worden. Agnes konnte deutlich sehen, wie tapfer sie den Wehrgang unermüdlich verteidigten. Doch es war nicht zu übersehen, dass sie dem Druck der Feinde nicht mehr lange würden standhalten können. Unruhig ließ sie ihren Blick über den Hof gleiten – und plötzlich bemerkte sie einen Mann, der sich im Hintergrund versteckte und von dort aus den Angriff zu befehligen schien. Unbändige Wut stieg in ihr auf, denn natürlich wusste sie sofort, wer sich da feige im Dunkeln versteckte. Bebend vor Zorn stürmte sie aus ihrer Kammer. Sofort war ihr klar, was sie zu tun hatte. Eilig hastete sie in die Kammer ihres jüngsten Bruders. In seinen Kleidertruhen fand sie passende Hosen, die sie fahrig überstreifte. Dann rannte sie in die Rüstkammer, um sich mit fliegender Hast ein Schwert, einen Morgenstern, einen Schild mit dem Wappen ihres Vaters und einen Harnisch auszusuchen. Als sie dann endlich auf dem Wehrgang ankam, war die Schlacht in vollem Gange. Doch ihr einziges Ziel war der Junker von Braunsberg. Mit schnellen, geübten Schwertstreichen bahnte sie sich ihren Weg durch die Reihen der Feinde. Ihre eigenen Männer schöpften durch ihr Eingreifen neuen Mut und eroberten den verlorenen Boden langsam wieder zurück.

„Welch feiger, armseliger Wicht du doch bist", dachte Agnes, als sie den Junker sich im Hintergrund verstecken sah. „Gleich bin ich bei dir, und dann kannst du mir zeigen, ob du ein Schwert zu führen vermagst."

Endlich stand sie dem hinterhältigen Angreifer gegenüber, der um Haaresbreite ihr Verlobter geworden wäre. Regungslos blieb sie vor ihm stehen und starrte ihn durch ihr Visier hasserfüllt an.

Der Junker blinzelte ängstlich zurück und rührte sich nicht.

Da schlug sie ohne Vorwarnung mit dem Schwert zu und trennte ein Stück von seinem Wams ab.

„Ahhh!", schrie der Junker auf und wich einen Schritt zurück.

Agnes musste unwillkürlich boshaft lächeln. Blitzschnell war sie wieder bei ihm und versetzte ihm abermals einen Schlag mit ihrem Schwert, sodass sein linker Ärmel sich blutrot färbte.

„Hilfe!", schrie der Junker gequält auf und ließ beinahe seinen Schild fallen. „Männer, helft mir!"

Tiefe Genugtuung machte sich in Agnes breit. Dieser räudige Hund würde nie wieder ihre Burg angreifen!

Doch plötzlich senkte der Junker seinen Schild, und Agnes sah, dass er ein Faustrohr dahinter versteckt gehalten hatte. Ihre Wut steigerte sich zur Raserei. Ungestüm ging sie auf ihn los. Doch bevor sie einen weiteren Schwerthieb führen konnte, feuerte der Junker eine Salve todbringender Bleikugeln aus seinem Faustrohr ab.

Agnes verspürte einen heftigen Schlag gegen ihre Brust. Sie taumelte einen Schritt zurück, und der Junker schien für einen kurzen Augenblick seinen Triumph zu genießen. Doch da hatte sich Agnes schon wieder gefangen und schlug ihm mit einem mächtigen Schwerthieb das Faustrohr aus der Hand. Der Junker hob seinen Schild, um sich vor Agnes' wutentbrannten Schwertstreichen zu schützen. Sie gönnte ihm jedoch keinen Moment Ruhe und attackierte ihn immer wieder mit wilden Hieben.

Schließlich begann der Junker zu wimmern. „Bitte, verschont mein Leben", rief er ängstlich.

Plötzlich hielt Agnes inne und blickte ungläubig auf die Beinkleider des Junkers. Dort bildete sich im Schritt ein dunkler Fleck, der immer größer wurde.

„Seht nur", schrien die Männer, die hinter Agnes standen. „Der Feigling hat sich vor Angst in die Hosen gemacht."

Der Junker nutzte Agnes' Verwirrung, drehte sich blitzschnell um und begann um sein Leben zu laufen. Als Agnes ihn verfolgen wollte, spürte sie, wie ihr schwindelig wurde und ihre Kräfte sie verließen. Langsam sank sie in die Knie.

Die Männer des Junkers, die am Leben geblieben waren, suchten verängstigt das Weite, als sie die schmachvolle Flucht ihres Anführers sahen. Die Garde der Burg brach in lauten Jubel aus und wandte sich dem tapferen Ritter zu, der den Hauptmann der Angreifer in die Flucht geschlagen hatte. Als sie das Visier seines Helms hochklappten und in das bleiche Angesicht der Jungfer Agnes sahen, schraken sie mit einem Aufschrei zurück.

Die Kugeln aus dem Faustrohr des Junkers hatten den Harnisch des Burgfräuleins durchschlagen und ihr den Lebenshauch entrissen. Die Trauer um ihren Verlust war unermesslich, und der Graf von Eltz machte sich nach seiner Rückkehr große Vorwürfe, dass er nicht mehr Männer zum Schutze der Burg zurückgelassen hatte. Aber dennoch empfanden er und seine Männer höchste Bewunderung und großen Stolz für die heldenhafte Jungfer Agnes, die sich ihrer edlen Familie als würdig erwiesen und die Burg Eltz mit ihrem Leben verteidigt hatte.

Der Junker von Braunsberg hingegen verließ nach dieser Schmach das Land und wurde nie wieder gesehen.

Genoveva

Vor vielen Jahrhunderten lebte auf einer Burg zu Mayen der Pfalzgraf Siegfried. Er war verheiratet mit Genoveva, einer Tochter des Herzogs von Brabant. Ihre verwandtschaftlichen Bindungen reichten bis hin zum mächtigen Karl Martell, der damals über das gesamte Fränkische Reich herrschte. Genovevas Schönheit und Anmut waren im ganzen Land bekannt, und viele Ritter neideten Siegfried seine wunderschöne, gottesfürchtige Gemahlin.

Eines Tages rief Karl Martell alle Ritter und Grafen des Landes zusammen, um gegen die Araber in den Krieg zu ziehen. Auch Siegfried rüstete sich mit seinen Mannen, um sich dem Feldzug anzuschließen. Am Tag seiner Abreise trug er seinem Hofmeister Golo auf, mit aller Sorgfalt für das Wohl seiner Frau zu sorgen. Dieser leistete seinem Herrn das verlangte Versprechen.

Doch kaum war Siegfried vom Hof der Burg geritten, da begann Golo seiner schönen Herrin nachzustellen. Diese wies ihn jedoch brüsk von sich und ging seinen Zudringlichkeiten fürderhin aus dem Wege. Doch Golo verfolgte sie mit Starrsinn, und als er gewahr wurde, dass Genoveva ihn niemals erhören würde, verwandelte sich sein Begehren in wilden Hass, und er begann Böses über sie zu verbreiten. Nachdem sie einen Sohn gebar, ritt Golo Siegfried, der sich wieder auf dem Heimweg befand, entgegen, um Genoveva zu verleumden.

Eines Tages erschienen zwei Schergen vor Genoveva, die angaben, dass sie sie aus der Burg bringen müssten. Genoveva musste mit ihnen gehen. Sie versuchte, mit ihnen Schritt zu halten, ohne über eine der vielen Wurzeln zu stolpern, die überall aus dem Boden ragten. Ängstlich drückte sie ihren kleinen Sohn Schmerzenreich an ihre Brust. Sie wusste nicht genau, was die beiden Schergen im Schilde führten, hatte jedoch eine unheilvolle Vorahnung. Leise sprach sie ein Gebet zur heiligen Maria. Viele hätten durch das, was Genoveva in den letzten Wochen widerfahren war, den Verstand verloren. Doch nicht so die tugendhafte Burgherrin. Ihr fester Glaube half ihr, niemals die Hoffnung fahren zu lassen.

„Bitte", sprach sie leise, „ich brauche eine Rast. Meine Füße schmerzen und mein kleiner Sohn benötigt ein Mahl."

„Ich bin zutiefst betrübt", erwiderte einer der Schergen, „doch wir haben strengen Befehl, Euch von der Burg fortzubringen, und das erlaubt keinen Verzug."

„Ist es wirklich wahr, dass der Graf höchstselbst diesen Befehl erteilt hat? Ich mag es einfach nicht glauben."

Da schwiegen die Schergen und trieben Genoveva an, immer weiterzugehen. Sie senkte den Kopf und dachte an all die Schmach, die ihr seit Siegfrieds Abreise zugefügt worden war. Die widerlichen Zudringlichkeiten Golos und seine abgefeimten Unterstellungen hatten ihr nichts anhaben können, und auch nicht die Monate, die sie im Turm eingesperrt verbringen musste. Erst als ihr versichert worden war, dass ihr Gemahl den bösen Schmähungen Glauben schenkte, sie habe mit dem Koch einen Wechselbalg gezeugt, war sie gebrochen worden. Dass Siegfried ihr ein solch liederliches Verhalten zutraute und ihr offenbar nie mehr begegnen wollte, hatte sie zutiefst verletzt. Dabei war der kleine Schmerzenreich doch nichts anderes als die Frucht ihrer ehelichen Liebe und Treue. Nur die Angst um das Wohl ihres kleinen Sohnes ließ sie all diese Demütigungen und Mühen ertragen.

„Wo bringt ihr mich hin?"

Die Schergen schwiegen und trieben sie zu höchster Eile an.

„Es ist mein Recht zu erfahren, was euer Plan ist", begann sie abermals. „Ich bin schließlich die Herrin der Burg Mayen."

„Nein, das seid Ihr nicht mehr länger", antwortete der eine der Schergen, dessen Name Konrad war. „Ihr seid nun vogelfrei und nicht mehr die Kleider wert, die Ihr am Leibe tragt."

„Was soll das heißen?" Genoveva kämpfte gegen ihre Tränen an, doch sie wollte sich keine Blöße geben.

„Nun, wir haben den Befehl ..."

„Was er meint, ist", unterbrach ihn der andere Scherge, den man Johannes nannte, „dass wir Euch von der Burg fortbringen sollen und dass Euer Herr Gemahl Euer Antlitz nie wieder zu erblicken wünscht." Übellaunig sah er Konrad an. „Warum sagst du ihr nicht die Wahrheit? Warum vertändeln wir hier unsere Zeit? Du kennst unseren Befehl."

Genoveva schauderte es bei diesen kalten, herzlosen Worten. Sie ahnte, was die beiden begehrten, doch sie wollte es einfach nicht glauben.

„Ohhhh", wimmerte sie und drückte ihren kleinen Sohn an ihre Brust. „Ihr wollt doch wohl meinem kleinen Schmerzenreich kein Leid antun."

„Er ist ein Bastard und hat es nicht verdient, unter Gottes Sonne zu wandeln."

Genoveva wich zurück und stolperte beinahe über einen Ast. „Nein", flüsterte sie, „das ist nicht wahr! Er ist Siegfrieds Sohn! Niemals würde ich mich versündigen und meinen Gemahl hintergehen. Das sind alles böse Verleumdungen."

„Erspart uns Euer Gejammer! Das hättet Ihr vor Eurem treulosen Ehebruch bedenken sollen. Wir sind rechtschaffende Mannen des Grafen und werden seinen Befehl ausführen. Noch vor dem Morgengrauen werdet Ihr und Euer Sohn dem Tode ins Antlitz blicken."

„Nein", schrie Genoveva auf, „das könnt ihr nicht tun! Wem habe ich nur etwas angetan? Wieso glaubt mir niemand? Seitdem Siegfried in den Krieg gezogen ist, werde ich wie eine Gesetzlose behandelt. Ich habe dieses Unrecht nicht verdient." Sie begann herzzerreißend zu weinen. „Heilige Mutter Gottes. Welcher Verfehlung habe ich mich schuldig gemacht, dass man so niederträchtig zu mir ist? War ich nicht immer freundlich und hilfsbereit meinen Untertanen gegenüber? Fanden sie bei mir nicht immer ein offenes Ohr für ihre Belange? Warum gibt es niemanden mehr, der Gnade für mich empfindet?"

Konrad reichte Genoveva die Hand. Doch sie wich weiter vor ihm zurück.

„Glaubt mir, Johannes meint es nicht so. Wir glauben auch nicht, dass Ihr Euren Gemahl hintergangen habt. Doch wir haben keine Wahl und müssen uns an unseren Befehl halten, so schwer es uns auch fällt. Nicht wahr, Johannes?"

Dieser senkte den Kopf und schwieg.

Konrads Worte konnten Genoveva nicht beruhigen. Sie wusste, dass Schmerzenreich und sie bald sterben würden. Sie musste fort von den beiden Schergen.

„Lasst mich doch ziehen", schluchzte sie leise. „Ich gebe euch Gewähr, dass ich nie wieder einen Fuß in die Nähe der Burg setzen werde."

Konrad sah sie nachdenklich an, und Genoveva schöpfte einen Funken Hoffnung.

„Konrad, das können wir nicht tun. Wenn Golo das herausfindet, sind wir des Todes."

„Sie werden es doch niemals erfahren", widersprach Genoveva. „Ich werde tief in den Wald hineingehen, bis dorthin, wo noch niemals ein Mensch hingelangt ist." Flehend sah sie die beiden Schergen an. „Ihr habt euren Befehl doch nicht missachtet. Siegfried will mich nie wiedersehen, und genauso wird es geschehen. Bitte versündigt euch nicht an zwei unschuldigen Menschen."

„Johannes, recht eigentlich spricht sie doch die Wahrheit", sprach Konrad. „Wir missachten weder unseren Befehl noch handeln wir widerrechtlich, falls die Anschuldigungen gegen sie wirklich haltlos sind. Außerdem sind wir das unserer einstigen Herrin schuldig. Sie war jederzeit freundlich und hilfsbereit. Mir hat sie einmal ..."

„Ist ja schon gut", brummte Johannes. „Nun komm mir nicht mit deiner Rührseligkeit."

„Aber es ist doch die reine Wahrheit“, unterbrach ihn Konrad aufgebracht.

„Ist ja schon gut“, brummte Johannes erneut. „Mir ist ja auch nicht wohl bei dem Gedanken daran, dass wir sie töten sollen. Aber ...“, er wandte sich Genoveva zu, „... Ihr gebt Euer Wort, das Ihr niemals wieder in die Nähe der Burg kommt und jegliches Treffen mit Euren ehemaligen Untertanen vermeidet. Denn sonst werden wir sterben müssen, und somit hättet ihr dann zwei unschuldige Familien auf Eurem Gewissen.“

„Ja“, hauchte Genoveva dankbar, „ich werde fortgehen und niemals wieder zurückkehren. Darauf gebe ich mein Wort. Habt Dank für eure Güte und Nachsicht. Ich bin mir sicher, dass ihr eines Tages für eure Herzensgüte belohnt werdet.“

Mit diesen Worten wandte sie sich ab und betrat den Weg, der sie immer weiter von der Burg fortführte. Mit jedem Schritt wurde ihr leichter ums Herz, denn sie hatte ihren kleinen Sohn vor dem sicheren Tode gerettet.

Allmählich wurde das Buschwerk um sie herum immer dichter. Doch Genoveva merkte kaum, dass die Dornen der Büsche ihr Kleid zerrissen. Sie wollte einfach nur fort von den Menschen und ihrer Niedertracht.

Erst spät, als die Sonne schon fast am Horizont versunken war, machte sie an einem kleinen Fluss Rast. Ihre Füße schmerzten, und der Hunger brannte ihr mittlerweile ein Loch in den Leib. Schmerzenreich lag still in ihren Armen und sah sie mit seinen großen Augen an.

„Mein armer kleiner Schatz“, flüsterte sie leise, „nicht mehr lange, und die Nacht bricht herein. Wir müssen uns einen sicheren Platz zum Schlafen suchen. Doch vorher will ich ein paar Beeren sammeln, damit ich Kraft genug finde, dich zu nähren.“

Genoveva fand genügend Waldbeeren, um ihren größten Hunger zu stillen, und unter einer großen, alten Eiche einen weichen, halbwegs geschützten Ort, wo sie die Nacht verbringen konnten. Es dauerte lange, bis Genoveva etwas Schlaf fand. All die fremden Geräusche um sie herum ängstigten sie, und sie wusste nicht, wie sie hier draußen überleben sollten.

Am nächsten Morgen wurde sie von den ersten Sonnenstrahlen geweckt. Gleich machte sie sich wieder auf den Weg. Sie war fest entschlossen, einen Platz zu finden, an dem sie mit Schmerzenreich leben konnte. Sie vertraute auf den Schutz der heiligen Mutter, und ihre Tapferkeit behielt die Oberhand über den beißenden Schmerz an ihren Füßen.

So verstrichen die Stunden, und außer den kleinen Pausen, in denen sie ein paar Früchte und Beeren sammelte, gönnte sie sich keine Rast. Sie zog weiter und weiter. Für die Nacht suchte sie wieder einen geschützten Platz im Wald, und am nächsten Morgen nahm sie ihre Wanderung früh wieder auf. Auf diese Art vergingen Tage. Eines Nachmittags kamen sie an eine kleine Wiese, die an allen Seiten von hohen Tannen umgeben war, deren unterste Äste bis auf den Boden reichten. In einer Ecke wuchsen dichte Sträucher, die so verwildert und undurchdringlich waren, dass sie Schutz vor

Regen und wilden Tieren boten. Dahinter befand sich noch eine kleine, verborgene Höhle. Genoveva fertigte unter dem Buschwerk aus weichem Moos ein Schlaflager für Schmerzenreich und sich und beschloss, erst einmal an diesem Ort zu verweilen.

Die ehemalige Burgherrin hatte sich mittlerweile an das beißende Gefühl des Hungers gewöhnt. Doch mit Sorge betrachtete sie ihren kleinen Sohn, der häufig still vor sich hinweinte. Ihre Milch drohte zu versiegen, da sie nichts Nahrhaftes fand. Sie musste bittere Tränen weinen, wenn sie Schmerzenreich ansah, und jeden Morgen und jeden Abend betete sie um ein Wunder, denn sie wusste, wenn nicht bald ein solches geschehen würde, würde sie ihren kleinen Sonnenschein verlieren.

Eines Morgens wurde Genoveva von einem schmatzenden Geräusch geweckt. Sie drehte den Kopf, und was sie sah, ließ ihr vor Schreck den Atem stocken. In der Schlafecke ihres Sohnes lag eine stattliche Hirschkuh, von dem Kleinen jedoch fehlte jede Spur. Voller Furcht sprang sie auf. Dabei erschreckte sich die Hirschkuh, die blitzschnell auf ihre Hufe sprang und fluchtartig die Wiese verließ. Da erblickte Genoveva den kleinen Schmerzenreich, der wohlbehalten auf seinem weichen Moosbettchen lag. Seine Ärmchen wedelten munter in der Luft, und er gluckste leise vor sich hin. Seine Mutter nahm ihn erleichtert auf den Arm und drückte ihn zärtlich an sich.

„Mein süßer kleiner Schatz“, flüsterte sie ihm ins Ohr, „zum Glück ist dir nichts geschehen.“

Schmerzenreich brabbelte unverständlich vor sich hin, doch Genoveva hatte das Gefühl, dass es dem Kleinen viel besser ging als noch am Vortage. Was auch immer die Hirschkuh getan hatte, es hatte ihm nicht geschadet. Trotzdem fasste sie den Entschluss, Schmerzenreich nicht mehr aus den Augen zu lassen. Daher legte sie sich in der nächsten Nacht ganz eng an ihn, damit nichts Unbemerktes geschehen konnte. Erst gegen Morgen fielen ihr völlig erschöpft die Augen zu. Als sie erwachte, nahm sie sofort einen fremden Geruch wahr. Müde rieb sie sich über das Gesicht, und sie erschrak fast zu Tode, als sie in die sanften braunen Augen der Hirschkuh blickte, die schon wieder neben ihr lag. Schmerzenreich hatte sich an ihren Bauch gekuschelt und nuckelte munter an ihrem Gesäuge. Genoveva widerstand dem Drang, ihn von dort fortzuziehen, denn ein Tritt der Hirschkuh hätte ihren kleinen Sohn in große Gefahr bringen können. Besorgt beobachtete sie jede Regung des großen Tieres. Erst als Genoveva sah, dass die Hirschkuh ganz still liegen blieb, wurde sie etwas ruhiger.

„Wo kommst du nur her?“, murmelte sie leise, und wie zur Antwort wedelte das Tier ein wenig mit seinen Ohren. Seine großen, klug blickenden Augen glänzten in den ersten Lichtstrahlen des Tages, und Genoveva verspürte plötzlich tief in ihrem Herzen großen Frieden.

Nach ein paar Minuten erhob sich die Hirschkuh vorsichtig und wandte sich langsam dem Ausgang des Versteckes zu.

„Danke“, murmelte Genoveva leise, und als wolle die Hirschkuh ihr antworten, drehte sie noch einmal leicht ihren Kopf und sah sie mit ihren weisen Augen an. Da wurde Genoveva klar, dass niemand anderer als die heilige Mutter selbst ihr das wunderschöne Tier geschickt hatte.

Von diesem Morgen an kam die Hirschkuh nun jeden Tag zu ihnen, und Genoveva sah mit Freude, wie gut sich Schmerzenreich entwickelte. Mit der Zeit nährte auch sie sich von der Hirschkuhmilch, sodass schließlich beide immer kräftiger wurden. So vergingen Monate und Jahre, und Schmerzenreich wuchs allmählich zu einem gesunden und hübschen Knaben heran, der seinem Vater immer ähnlicher ward.

Eine Morgens ertönten rohes Geschrei und Hundegebell aus allen Ecken des Waldes.

„Mutter, was ist das?“, fragte Schmerzenreich Genoveva, die gerade Wurzeln wusch.

„Ich weiß es nicht“, antwortete sie und erhob sich. „Es hört sich nach einer wilden Horde Menschen an, die auf der Jagd sind.“

„Auf der Jagd? Was ist das? Warum tun sie derartiges?“

„Es ...“, begann Genoveva. Doch just in diesem Moment wurde sie von einer wilden Bewegung unterbrochen. Ihre Hirschkuh sprang mit einem Satz durch das Dickicht und versteckte sich zitternd hinter ihr.

Genoveva legte ihr beruhigend die Hand an den Hals. „Fürchte dich nicht“, murmelte sie besänftigend. Sie unterließ es, sich mit ihrem Sohn in der kleinen Höhle zu verstecken, sie wollte die Hirschkuh nicht im Stich lassen.

Plötzlich trat ein stattlicher Herr zwischen den Bäumen hervor und zielte mit seinem gespannten Bogen in ihre Richtung. Genoveva stellte sich vor die Hirschkuh und schob Schmerzenreich ebenfalls hinter sich, damit keiner der beiden von einem Pfeil getroffen werden konnte.

„Haltet ein, Fremdling“, rief sie und überlegte dabei fieberhaft, wie sie die Hirschkuh vor dem Jäger retten konnte. „Bitte senkt Eure Waffe und lasst Gnade walten.“

Der Mann stand regungslos vor ihr und schwieg. Genoveva wurde unruhig, denn sie besaß nichts zu ihrer Verteidigung.

„Wer seid Ihr?“, rief er, und beim Klang seiner Stimme schlug Genovevas Herz schneller, auch wenn sie sich dies nicht zu erklären wusste.

„Ich bin niemand von Bedeutung“, erwiderte Genoveva, und hartnäckig setzte sich in ihrem Innersten das Gefühl fest, diesem Mann schon einmal begegnet zu sein.

Der Jäger senkte seinen Bogen und trat einen Schritt vor. „Alle meine Untertanen sind von Bedeutung“, erwiderte er, „und Eure Stimme kommt mir bekannt vor.“

Plötzlich schien sich der Boden unter Genovevas Füßen zu bewegen. Ihr Herz begann zu rasen, und am liebsten hätte sie sich in Luft aufgelöst. All die Monate und Jahre hatte sie diesen Augenblick gefürchtet. Sie starrte den Jäger an, während die Welt um sie herum still zu stehen schien. Es war Siegfried, ihr Gemahl, der sie so herzlos verstoßen hatte. Genoveva wollte um keinen Preis von ihm erkannt werden. „Ihr müsst Euch täuschen“, raunte sie daher leise und senkte den Kopf, „ich bin Euch noch nie begegnet.“

Siegfried kam noch einen Schritt näher und hob sachte ihren Kopf an. Gebannt starrte er in ihre Augen, und Genoveva konnte nicht anders, als ihn anzuschauen.

„Mutter, wer ist das?“, erklang plötzlich Schmerzenreichs Stimme neben ihr. „Er sieht ganz anders aus als die anderen Tiere im Wald.“

„Pst!“, flüsterte Genoveva und lächelte Schmerzenreich flüchtig an. „Vor dir steht kein Tier, sondern ein Mann.“

„Das ...“ Die Stimme Siegfrieds ließ Genoveva zusammenzucken. „Nein, das ist unmöglich ...“

Genoveva unterdrückte ein Zittern und fasste Schmerzensreich bei der Hand. „Bitte“, flehte sie stumm zur Heiligen Mutter Gottes, „er darf mich nicht erkennen.“

„Es kann nicht sein ... aber diese Augen ... diese Stimme ... sollte es möglich sein ...“

„Mein Herr“, erklang da eine Stimme hinter den Bäumen. „Habt Ihr das Wild erlegt?“

Genoveva stockte der Atem von Neuem. Vor ihr teilten sich die Äste, und Golo betrat mit zwei Edelleuten die Wiese.

„Ach du liebe gute Güte!“, schrie er auf, als er Genoveva sah. „Mein Herr, belästigt Euch dieses verkommene Weibsbild? Ich werde Euch sofort von dieser Unwürdigen befreien.“ Mit großen Schritten stürmte er über die Wiese und hob sein Schwert.

„Oh nein“, flüsterte Genoveva und blickte sich furchtgepeinigt um. Dass Golo nun auch hier, in ihrem kleinen Reich, auftauchte, nahm ihr den Rest ihrer mühsam aufrecht erhaltenen Hoffnung. Sollte ihre Pein denn nie ein Ende finden?

„Haltet ein!“, donnerte Siegfrieds Stimme über die Wiese. Langsam drehte er sich von Genoveva weg und versperrte Golo den Weg. „Ihr werdet ihr kein Leid zufügen!“

„Aber mein Herr“, erwiderte Golo entrüstet. „Ihr seid verwirrt. So jemand darf Euch nicht zu nahe kommen.“

„Schweigt!“, herrschte Siegfried ihn an. „Ihr werdet diese Lichtung sofort verlassen.“

„Aber ...“

Siegfried schritt langsam auf Golo zu, und sein wilder Blick verhieß Unheil. Genoveva nutzte die Gelegenheit und wandte sich Schmerzenreich zu, der die Szene gebannt betrachtete.

„Versteck dich“, flüsterte sie, doch Schmerzenreich schüttelte nur seinen Kopf und griff nach ihrer Hand.

„Das ist ein Befehl!“, polterte Siegfried dazwischen. „Wir unterhalten uns später.“

Golo sah seinen Herrn ungläubig an. „Ihr wollt hier bei dieser abstoßenden Gestalt bleiben?“

Genoveva starrte Golo hasserfüllt an. Zum ersten Mal in ihrem Leben verspürte sie den brennenden Wunsch, ein Schwert führen zu können. Unwillkürlich blickte sie zu

Siegfried hinüber, dessen Geduld zu Ende war. Mit Genugtuung schaute sie zu, wie Siegfried Golo an seinem Wams packte.

„Ihr missachtet meinen Befehl?“, fuhr er Golo an, der unter der Wucht seines Zorns zusammenzuckte. „Das wird für Euch nicht ohne Folgen bleiben!“

„Aber mein Herr“, jammerte Golo, „was ist denn plötzlich in Euch gefahren? Hat diese Hexe dort Eure Sinne verwirrt?“

„Es ist genug!“, brüllte Siegfried, und Genoveva presste Schmerzenreich hilflos vor Schreck an sich. Wie konnte sie dieser Situation nur entkommen, ohne selber Siegfrieds Zorn auf sich zu ziehen?

„Nehmt ihn in Gewahrsam“, knurrte Siegfried, und die beiden Edelleute an Golos Seite packten diesen bei den Armen. „Und nun schafft ihn mir endlich aus den Augen! Sofort!“

„Aber Herr Graf!“, schrie Golo entsetzt auf.

„Bringt ihn endlich zum Schweigen“, zischte Siegfried, und Genoveva hielt entsetzt Schmerzenreichs Augen zu, sodass dieser nicht sehen konnte, wie die Ritter dem verräterischen Golo einen Schlag versetzten, der ihn ohnmächtig zu Boden sinken ließ.

Genoveva spürte Todesfurcht in sich aufsteigen. Was sollte sie nur tun? Sie konnte ja nicht wie die Hirschkuh ins Dickicht springen und einfach verschwinden. Gehetzt sah sie sich um.

„Hab' keine Furcht“, erklang da Siegfrieds Stimme, aus der all die Härte und Wut wie weggefegt schienen, denn sein Tonfall war sanft und beinahe zärtlich.

Als Genoveva sich langsam umwandte, ließ sie Siegfried dabei nicht aus den Augen. Seine Stimme erinnerte sie nun an jene Zeiten, in denen sie einst frei, ungezwungen und glücklich gewesen war. Doch sie vermochte sich diesem schwachen Gefühl nicht hinzugeben, denn all die Jahre der Entbehrungen und des Kummers hatten tiefe Spuren in ihrer Seele hinterlassen.

„Ich wage es kaum, Euch um Verzeihung zu bitten“, sprach der Graf, dem ein großer Kloß im Halse zu stecken schien. Ungläubig sah Genoveva, wie Siegfried schluckte und hilflos die Schultern hängen ließ. „Ich kann diese Schmach nie wiedergutmachen. Nichts, was ich sage oder zu tun vermag, kann das Leid auslöschen, das Ihr um meinetwillen erdulden musstet. Trotzdem bitte ich Euch, mit mir auf unsere Burg zurückzukommen.“

Genoveva blickte ihn nachdenklich an. „Woher seid Ihr Euch so sicher, dass ich diejenige bin, die Ihr zu sehen glaubt? Ich bin nur eine einsame, verwilderte Frau, die mit ihrem Sohn im Walde lebt.“

Siegfried trat erneut einen Schritt auf sie zu und versuchte nach ihrer Hand zu greifen. Doch Genoveva entzog sich ihm, indem sie einen Schritt zurückwich. „Es sind Eure Augen, Eure Stimme und Eure Art, Euch zu bewegen, die mir zeigen, dass Ihr

Genoveva seid, mein geliebtes Weib."

Genoveva betrachtete ihn aufmerksam und war auf der Hut, denn sie vertraute ihm nicht mehr. „Warum könnt Ihr mich und meinen Sohn nicht einfach in Frieden lassen und mit Euren Mannen dorthin zurückkehren, von wo Ihr hergekommen seid?"

Siegried schaute sie um Fassung ringend an. „Das kann nicht Euer Ernst sein. Jetzt, wo ich Euch endlich wiedergefunden habe, werde ich Euch ganz sicher nicht mehr gehen lassen."

„Und wenn ich nicht mit Euch gehen will? Werdet Ihr mich zwingen?"

Siegfried sah sie schreckensstarr an. „Nein", flüsterte er, und Genoveva sah, dass in seinen Augen Tränen schimmerten. „Ich würde Euch niemals mehr zu irgendetwas zwingen. Erkennt Ihr mich denn wirklich nicht mehr wieder?"

Genoveva spürte, wie ihr Widerstand zu brechen drohte. Doch sie wusste auch, dass er ihr in der schwersten Stunde ihres Lebens nicht zur Seite gestanden hatte, und wenn die beiden Schergen damals nicht so viel Nachsicht hätten walten lassen, so weilten sie und Schmerzenreich längst nicht mehr unter den Lebenden.

„Hallo du", ließ sich in diesem Moment Schmerzenreichs Stimme neben Genoveva vernehmen, „willst du mir nicht sagen, wer du bist und woher du meine Mutter kennst? Ich habe dich hier noch nie gesehen."

Siegfried wandte sich Schmerzenreich zu und reichte ihm die Hand. „Ich heiße Siegfried und kenne deine Mutter schon sehr lange. Magst du mir sagen, wie man dich zu nennen pflegt?"

„Mein Name ist Schmerzenreich", erwiderte der Knabe ohne Scheu und ergriff Siegfrieds Hand. Genoveva stand wortlos neben den beiden und beobachtete, wie Schmerzenreich Siegfried aufmerksam betrachtete und fröhlich mit ihm sprach. Durfte sie ihrem Sohn den Vater und die Welt dort draußen vorenthalten? Er hatte bisher ja nur den Wald kennengelernt. Sie selbst zog nach all der Zeit die Einsamkeit des Waldes vor, doch hatte ihr Sohn nicht mehr verdient?

„... du wohnt in einer großen Burg? Was ist das denn?" Schmerzenreichs Stimme riss Genoveva aus ihren Gedanken.

„Wenn deine Mutter mitkommt, kann ich dir zeigen, was eine Burg ist", antwortete Siegfried und sah Genoveva dabei bittend an. „Ich könnte dir noch viele andere schöne Dinge zeigen."

Schmerzenreich wandte sich Genoveva zu. „Oh bitte, Mutter! Lass uns mit ihm gehen!"

„Ist das wirklich dein Begehr?", fragte Genoveva schwach.

Schmerzenreich hüpfte von einem Bein auf das andere. „Oh ja", lachte er, „ich will so gerne wissen, was dort draußen hinter den Bäumen ist."

Siegfried blickte Genoveva flehend an, und diese nickte ihm nun kaum merklich zu. Für ihren Sohn war sie bereit, ihr altes Leben mit all seinen Tücken wiederaufzunehmen.

„Bedeutet dies, dass Ihr und Schmerzenreich mit mir kommt?"

„Ja", hauchte Genoveva, „meinem oder besser gesagt unserem Sohn zuliebe ..."

„Unserem Sohn?" fragte Siegfried und seine Miene verriet seine plötzliche Unsicherheit und Bestürzung.

„Schaut Euch das Kind an und Ihr werdet die Ähnlichkeit erkennen."

„Gott, was habe ich getan!", rief Siegfried.

"Dennoch", fuhr Genoveva fort, „habe ich nie aufgehört, Euch zu lieben – trotz all der Schmach und des Kummers, die ich durch Euren verhängnisvollen Befehl in den letzten Jahren zu ertragen gezwungen war."

Mit einem Satz war Siegfried bei ihr, umfasste sie stürmisch und hob sie hoch in die Luft. „Ich würde alles dafür geben, mein unverzeihliches Gebaren ungeschehen zu machen. Bitte gewährt mir die Gelegenheit dazu! Ich habe mein überstürztes Handeln mehr als einmal bereut und würde, wenn ich könnte, die Zeit zurückdrehen. Ich habe es mir nie verziehen, dass ich einst an Eurer Treue zu mir zweifelte. Bitte, bitte, verzeiht mir!"

Genoveva wusste darauf außer einem sanften Lächeln nichts zu erwidern.

Siegfried trug seine Gemahlin und seinen Sohn zu seinem Pferd und ritt mit ihnen flugs wie der Wind zu seiner Burg.

Den treulosen, verräterischen Golo ließ Siegfried noch am Tage ihrer Rückkehr hinrichten, indem er ihn vierteilen ließ. Von nun an machte der Graf seiner Genoveva das Leben so angenehm wie möglich. Allerdings hatten die vielen Jahre in der Wildnis ihre Spuren hinterlassen. Genovevas Gesundheit war stark angegriffen und sie vermochte keine normale Nahrung mehr zu sich zu nehmen. Kurze Zeit nach ihrer Heimkehr verstarb sie. Aber sie verschied in Frieden, denn sie hatte all die Schande, die über sie und ihren Stamm gekommen war, für immer getilgt, und Siegfried hatte Schmerzenreich als seinen Sohn anerkannt und angenommen. Siegfried errichtete an dem Ort, an dem Genoveva mehr als sechs Jahre in der Wildnis gelebt hatte, eine Kapelle und ließ sein geliebtes Weib dort bestatten. Der Legende nach sollen auch er und sein Sohn Schmerzenreich in dieser Kapelle ihre letzte Ruhestätte gefunden haben.

Die Wunderblume auf der Hohen Acht

In den Wäldern auf der Hohen Acht gab es einst Waldgeister, die in geheimen, tiefen Höhlen unermessliche Schätze verborgen hielten. Nur einmal in hundert Jahren erlaubten sie einem Menschen, diese Schätze zu sehen und etwas davon mitzunehmen. Doch musste dieser Mensch zuvor eine gewisse Prüfung bestehen.

Nun geschah es eines Tages, dass der junge Ritter von Ulmen von seiner Eifelburg aus die Wälder rund um die Hohe Acht durchstreifte. Er war erst vor wenigen Tagen vom Kreuzzug aus dem Morgenland zurückgekehrt und genoss die Schönheit seiner Heimat.

Dies wurde von zwei Waldgeistern beobachtet, die eine Wunderblume bewachten.

„Omni, schau nur", rief der weibliche Waldgeist. „Dort ist ein Mensch. Sollen wir ihm die Wunderblume zeigen?"

Omni sah von seiner Schwester hinüber zu dem Menschen und verzog das Gesicht. „Warum denn schon wieder solch ein junger Recke? Vor einhundert Jahren hat uns genauso einer schon einmal enttäuscht, und dieser hier wird es bestimmt auch nicht besser machen!"

Isella sah ihren Bruder kopfschüttelnd an. „Was hast du gegen diesen Menschen? Zufälligerweise weiß ich, dass er erst vor wenigen Tagen aus dem Morgenland zurückgekehrt ist und etwas Zerstreuung gut gebrauchen könnte."

„Was geht's mich an?"

„Omni, sei nicht immer so boshaft. Wir sollen einem Menschen die Wunderblume zeigen, und hier ist einer. Wer weiß, wann der Nächste hier vorbei kommt! Wenn er es nicht schafft, so soll es nicht unsere Angelegenheit sein. Schließlich haben wir dann unseren Teil der Aufgabe erfüllt."

Omni drehte sich um und ging langsam davon. „Bitte schön, dann mach du es alleine. Ich habe kein Verlangen nach dem jungen Tunichtgut."

Isella überlegte, ob sie ihren Bruder zurückhalten sollte. Doch da vernahm sie einen erstaunten Ausruf.

„Oh, was haben wir denn da? So etwas habe ich in meinem ganzen Leben noch nicht gesehen!"

Isella vergaß Omni und wandte sich dem Ritter zu, der sich vorsichtig über die blaue Wunderblume beugte. Lächelnd beobachtete sie, wie er sich niederkniete und zärtlich über die Blütenblätter strich.

„Was soll ich mit dir anstellen?", hörte sie ihn sagen. „Nehme ich dich mit mir oder lasse ich dich hier in der Wildnis zurück?"

Isella verspürte einen Luftzug und drehte den Kopf. Omni stand mit verkniffenem Gesicht neben ihr und ließ den Ritter nicht aus den Augen.

„Lass' sie einfach stehen, du Dummkopf!"

Isella knuffte Omni leicht in die Seite. „Nun sei doch nicht so grimmig. Schließlich hat er die Blume ganz ohne unsere Hilfe gefunden."

„Es ist nun wirklich nicht schwer, eine solch auffällige Blume zwischen all den unscheinbaren Kräutern zu entdecken."

Isella schüttelte den Kopf und gab es auf. Was immer sie auch sagte, Omni hatte stets etwas dagegen einzuwenden. Daher beschloss sie zu warten. Wenn der Ritter die Blume stehen ließ und weiterzog, würde sie ihn nicht aufhalten. Doch wenn er sie pflückte, würde sie ihm den Weg zu den Schatzhöhlen weisen. Gespannt beobachtete sie den jungen Mann, der sich noch immer nicht entschlossen hatte.

„Wenn er so weitermacht, ist die Blume verblüht, bevor er sich entschieden hat."

Isella unterdrückte ein Lachen. Omni war ein überaus ungeduldiger Waldgeist, und vor Aufregung schimpfte er nun einfach herum. Wenn der junge Herr sich nicht bald entschied, würde Omni noch zu ihm hinlaufen und die Blume für ihn pflücken. Doch da streckte der Ritter den Arm aus und brach die Blume ab.

„Na endlich", brummte Omni und ließ sich auf den Boden sinken, „nun kannst du ihm zur Hilfe eilen!"

Isella schenkte Omni ein schiefes Lächeln und machte sich auf den Weg. Der Ritter stand noch immer da und starrte fassungslos auf die Stelle, wo er vor ein paar Augenblicken die Blume gepflückt hatte. Dort war nun ein enger Weg zu sehen, der in eine dunkle Höhle hinabführte. Isella huschte an dem Edelmann vorbei und wartete am unteren Ende des Weges auf ihn.

Es dauerte einige Zeit, bis der junge Ritter von Ulmen auftauchte. Isella hätte gern ein paar Worte mit ihm gewechselt, doch sie durfte hier unten in der Höhle nicht mit ihm reden. Daher zeigte sie nur stumm auf einen riesigen Schatz, der in einer Ecke angehäuft war.

Der Ritter stieg das letzte Stück hinunter und ließ einen lauten Ausruf vernehmen. Isella kannte das bereits: Die Unmengen an Gold, Silber und edlen Steinen zeitigten stets dieselbe Wirkung auf die Menschen.

Der Edelmann legte die Blume auf den Boden und füllte sich die Taschen mit Gold, Silber und Edelsteinen. Isella beobachtete sorgenvoll, dass er der Wunderblume auf dem Boden keine Beachtung mehr schenkte. Sie überlegte, wie sie ihn aufhalten könnte, doch der Ritter machte sich bereits auf den Rückweg.

Isella seufzte und stieg ebenfalls wieder aus der Höhle hinaus. Da hörte sie Omni laut rufen: „Vergiss das Beste nicht!"

Isella hoffte, dass der Ritter diesem Ruf folgte. Doch er schien die blaue Blume schon längst vergessen zu haben und achtete nicht auf Omnis Rat.

Isella war mittlerweile wieder bei Omni angelangt, der sie schadenfroh anblickte.

„Na, dein edler Ritter ist wohl doch ein Dummkopf! Komm, wir schauen uns sein Gesicht an, wenn sich alles wieder in Luft auflöst!"

Kaum hatte Omni zu Ende gesprochen, da verschwand der Höhleneingang vor des Ritters Augen, und die Schätze in seinen Taschen rannen auf geheimnisvolle Weise dahin. Der junge Ritter von Ulmen glaubte seinen Augen nicht zu trauen und suchte alles nach dem Weg, der Höhle und den Schätzen ab. Doch nichts von alledem fand er wieder. Nur das spöttische Gelächter der Waldgeister schallte durch den Wald.

Denn was der Ritter nicht wusste: Wer die blaue Blume, die nur einmal in hundert Jahren blühte, im Angesicht der Schätze vergaß, für den waren das Gold, das Silber, die Edelsteine und all die anderen Kostbarkeiten für immer verloren.

Die glühenden Kohlen

Einst lebte in den Wäldern vor Adenau ein kleiner Wicht namens Winward. Winward war ein lustiger Geselle, der nichts mehr liebte, als mit anderen einen Schabernack zu treiben. Seine kecken Streiche erzürnten die Leute im Ort, und so vertrieben sie ihn mit Stockhieben, sobald sie seiner ansichtig wurden. So kam es, dass Winward nicht mehr wagte, in den Ort zu gehen. Alsbald fühlte er sich einsam und ward tieftraurig.

Nun gab es vor den Toren Adenaus einen kleinen Hof, dessen Haushalt von einer freundlichen Magd geführt wurde. Sie sah den Wicht oft frierend und hungernd am Waldrand stehen. Das rührte ihr weiches und mitleidiges Herz. Fortan stellte sie ihm jeden Sonntag, bevor sie zur Messe ging, etwas Milch auf die Fensterbank.

Winward hüpfte von der Bank und sah den Weg hinunter, der nach Adenau führte. Die Schüssel Milch hatte er bereits ausgetrunken, und nun sann er nach, was er als Nächstes wohl anfangen sollte. Nachdenklich zog er seine rote Mütze gerade. Da ertönte eine Stimme hinter ihm.

„Ruft nach mir, wenn Ihr mich braucht. Ich bin für eine Weile im Stall!"

Erschrocken sprang Winward hinter die Mauer und duckte sich. Er hatte nicht bemerkt, dass die Magd gekommen war.

„Oh, guter Herrgott", hörte er Marie vor der Mauer seufzen, „bitte tu etwas, damit ich nicht fortgehen muss. Ich möchte nicht im Pfarrhaus zu Ahrweiler arbeiten."

Winward erschrak zutiefst, als er dies hörte. Marie sollte fortgehen? Das durfte nicht geschehen! Wer sorgte dann für sein leibliches Wohl! Geduckt schlich er der Magd nach, als sie vom Stall in die Küche zurückkehrte, und dachte darüber nach, was er wohl tun sollte. Marie nach Ahrweiler folgen, das wollte er nicht, denn der Wald war sein Zuhause. Marie einfach an den Stuhl zu binden, half auch nicht, denn der Bauer Martin würde sie just wieder losbinden. Dem Bauer sagen, dass er sie behalten sollte? Ach, wer würde schon auf einen kleinen Wicht wie ihn hören?

Ratlos beobachtete Winward Marie, die sich an den Küchentisch setzte. Der kleine Wicht erkannte, dass ihr Kummer sehr groß sein musste, denn nun begann sie heftig zu weinen. Ihre Tränen brachen ihm fast das Herz, und er wäre am liebsten zu ihr gegangen, um ihr etwas Trost zuzusprechen. „Ach, fände ich doch etwas Gold", schluchzte Marie. „Dann könnte ich Martin heiraten und für immer hier bleiben."

Winward drückte sich verstohlen an die hintere Küchenwand. Marie brauchte Gold? Nachdenklich rieb er sich seine Nase. „Nun wohl", lachte er dann leise auf, „wenn dies uns zu helfen vermag, so weiß ich wohl, was ich zu tun habe."

„Ist jemand im Haus?", hörte er Marie fragen, die aufstand und langsam näher kam.

Erschrocken verkroch sich Winward in eine Ecke. Was hatte er nur getan? Sie durfte ihn auf keinen Fall hier erblicken! Fieberhaft sann er über einen Ausweg nach. Wie konnte er sie so ablenken, dass er ungesehen zu verschwinden vermochte? Unruhig sah er sich in der Küche um. Da fiel sein suchender Blick auf den Ofen. So konnte er sich helfen! Frohen Mutes drehte er seine rote Mütze auf dem Kopfe, woraufhin schwarzer Qualm aus dem Ofen stieg.

„Oh nein", jammerte Marie und wandte sich dem Ofen zu, „nun sind auch noch die Kohlen erloschen. Nun muss ich zum Kloster und um glühende Kohlen bitten."

Eben darauf hatte Winward gehofft. Blitzschnell schlüpfte er aus der Küche und aus dem Haus und rannte durch den Wald zu seiner Höhle. Bald hatte er einen Plan geschmiedet, doch blieb ihm nicht viel Zeit, ihn durchzuführen. In Windeseile packte er zusammen, was er benötigte, und machte sich wieder auf den Weg. Schon nach kurzer Zeit hatte er die Tore des Klosters erreicht. Suchend sah er sich um und bemerkte mit Erleichterung, dass im Schnee keine Spuren zu sehen waren. Marie war also noch nicht eingetroffen. Rasch suchte er sich am Wegesrand ein geschütztes Plätzchen, räumte den Schnee fort und entfachte ein Feuer.

Kaum brannten die ersten Äste, da sah er Marie auch schon des Weges kommen. Geschwind kippte Winward seine Kohlen in die Flammen, sah noch mit Freude, dass diese sofort zu glühen begannen, und verschwand hinter dem nächsten Strauch. Geduckt beobachtete er durch das Geäst, wie Marie an dem Feuer stehenblieb und sich umsah.

„Gott zum Gruß“, hörte er sie rufen, „ist jemand hier?“

Winward zog sich noch ein Stück tiefer ins Dickicht zurück und betrachtete Marie, die langsam um das Feuer herumging. Wenn seine List gelingen sollte, so musste Marie von der Glut nehmen. Doch was sollte werden, wenn sie es nicht tat? Endlich bückte sich Marie und füllte die Kohlepfanne. Winward atmete auf und überlegte, ob er ihr nach Hause folgen sollte. Wie gerne hätte er ihre Miene beobachtet, wenn sie die Glut in den Ofen warf! Doch konnte er sein Feuer nicht ohne Aufsicht lassen. Daher beschloss er zu warten.

Nachdem Marie seinen Augen entschwunden war, kroch er aus seinem Versteck. Frohlockend tanzte er um das Feuer und freute sich, dass alles wie am Schnürchen lief. Erst als Marie abermals auftauchte, sprang er eilig zurück in sein Versteck. Insgeheim feixend, beobachtete er, wie sie die Kohlepfanne füllte. Leider konnte er ihr Gesicht nicht sehen, da sie einen großen Schal um den Kopf trug. Doch ihr fester Schritt ließ ihn ihren Zorn erahnen.

Er beschloss, bis zum dritten Male zu warten und ihr dann zum Hof zu folgen. Die Kohle, die sie dann nach Hause getragen hatte, musste ausreichen, um seinen Plan in die Tat umzusetzen.

Endlich tauchte Marie zum dritten Male auf. Ungeduldig beobachtete Winward, wie sie abermals die Kohlepfanne füllte. „Das ist das letzte Mal“, hörte er sie schimpfen. „Noch einmal laufe ich den Weg nicht!“ Winward hielt sich fröhlich kichernd die Hand vor den Mund.

Marie machte auf dem Absatz kehrt und lief zurück zum Hof. Winward wartete, bis sie hinter der Biegung verschwunden war, dann sprang er hurtig aus seinem Versteck. Flugs trat er die Flamme aus, steckte die restliche Kohle in seinen kleinen Beutel und streute Schnee über die Stelle, damit sie nicht mehr zu sehen war. Dann folgte er Marie, so schnell ihn seine kleinen Beine trugen.

Kaum hatte er das Haus erreicht, da vernahm er auch schon Martins Stimme aus der Küche. „Was ist geschehen, Marie? Was hat dich so erzürnt?“

„Ach, während der Messe ist der Küchenherd ausgegangen. Daher lief ich zum Kloster, um neue Glut zu holen. Auf dem Weg dorthin brannte ein Feuer und ich füllte die Kohlepfanne. Doch jedes Mal, wenn ich sie in den Ofen legte, war die Kohle erkaltet“, erwiderte Marie.

Vorsichtig schlich Winward in die Küche und versteckte sich in der Nähe des Herdes.

„Das ist in der Tat gar seltsam“, sprach Bauer Martin in dem Augenblick und wandte sich dem Ofen zu. „Vielleicht hast du mit der Kohle Schnee in die Pfanne geschaufelt, und sie ist dadurch erloschen.“

Winward hüpfte von einem Bein auf das andere. Die Freude auf das, was kommen würde, ließ ihn nicht stillstehen.

„Sapperlot, Marie“, rief Martin plötzlich und rieb sich vor Verwunderung die Augen. „Schau her, was ich hier finde!“

Marie trat an den Ofen, und auch Winward pirschte sich an die beiden heran, damit ihm nichts entging.

„Was? Wie ...“, hörte er Marie verständnislos stottern. „Woher?“

„Oh, mein Engel“, lachte Martin und hob eine Hand voll Gold aus dem Ofen. „Nun sind wir alle Sorgen los. Ich muss dich nicht fortschicken ins Pfarrhaus und kann dich nun ernähren. Willst du mein liebes Weib werden?“

Marie strahlte und fiel ihm um den Hals. „Gott weiß, dass ich mir nichts mehr wünsche!“ Doch dann hielt sie inne und sprach: „Ich weiß nicht, wo das viele Gold herkommt, doch ...“

Winward hatte nun genug gesehen und gehört und schlich sich leise zur Tür hinaus. Kopfschüttelnd dachte er über die seltsamen Sitten der Menschen nach und ließ sich auf einer Bank hinter dem Haus nieder. Dabei schlang er seine Arme um seine Beine und wippte fröhlich vor und zurück. Nun blieb Marie auf dem Hof, und er bekam weiterhin sonntags seine Milch. Das kleine Loch in der Wand seiner Höhle würde er mit Geröll zuschütten.

Marie und Martin heirateten im Frühling und feierten ein großes Fest. Winward trieb an diesem Tag so manche Posse mit den Gästen, was einige sehr erzürnte. Doch Marie lachte nur über deren Beschwerden und sagte: „Warum regt ihr euch so auf? Heute ist mein Glückstag und niemand soll bestraft werden. Ihr solltet euch mit mir freuen, anstatt zu schelten.“

Diese Bitte konnte niemand der lieblichen Braut verwehren, und so kam Winward trotz seiner vielen Streiche ungestraft davon. Martin schenkte der Klosterkapelle nach der Hochzeit ein schönes Stück Gold. Er glaubte, dass sie etwas mit ihrem neuen Reichtum zu tun hatte und wollte so seine Dankbarkeit zeigen. Marie hingegen ließ von nun an täglich eine Schale Milch an den Ort stellen, wo sie das Feuer entdeckt hatte. Denn so umsichtig Winward auch die Feuerreste beseitigt hatte, seine Fußabdrücke am Feuer und in der Hofküche hatte er vergessen wegzuwischen. Und Marie wusste wohl, wem sie gehörten und wem sie ihr Glück verdankte.

Der Raubritter am Laacher See

Einst lebte am Laacher See ein grausamer Raubritter. Er schien vom Teufel besessen und alles, was er tat, war eine Schande vor den Augen Gottes und geriet seinen Mitmenschen zum Fluch. Keine Schandtat war ihm schlecht genug, und selbst vor den heiligen Männern des Klosters machte seine Ruchlosigkeit nicht halt. Der Abt hatte schon alles Menschenmögliche versucht, um seinem üblen Tun Einhalt zu gebieten. Doch weder die Predigten, noch die Klagen beim Vogt des Klosters und beim Papst noch ein Bann konnten den Bösewicht hindern, weiterhin seine Untaten zu verüben. All dies bewirkte vielmehr, dass er nur noch schlimmeres Unheil anrichtete, besonders gegen all jene, denen das Kloster Heimstatt war.

Der Abt sah schweigend aus dem Fenster. Ein eisiger Wind rüttelte an den Fensterscheiben, und dicke Eisblumen verhinderten die Sicht auf den zugefrorenen See. Die Worte des Mannes, der erst vor wenigen Minuten sein Zimmer verlassen hatte, hallten noch immer in ihm nach. Er konnte kaum glauben, was ihm gerade eben zu Ohren gekommen war. In diesem Augenblick klopfte es an der Tür.

„Herein", rief der Abt und erhob sich.

Einer seiner Brüder betrat das Zimmer und verneigte sich ehrerbietig. „Ihr habt nach mir rufen lassen, ehrwürdiger Vater."

„Ja, mein Bruder"", erwiderte der Abt und bot dem Mönch einen Stuhl an. „Gerade kam ein Bote mit Nachricht von der Burg."

Der Mönch riss erschrocken die Augen auf. „Von dem Raubritter? Was führt er nun wieder im Schilde? Er hat doch schon fast alle Vorräte des Klosters für den Winter geplündert. Wir können ihm nichts mehr geben, ohne selbst zu hungern."

„Fasse dich, Bruder. Dieses Mal will er sich nicht an unserem Hab und Gut vergreifen. Der Ritter bittet um unseren Beistand."

Der Mönch starrte den Abt ungläubig an. „Er bittet um unseren Beistand? Seid Ihr sicher, dass es sich nicht um einen bösen Scherz handelt?"

„Du zweifelst sicher nicht zu Unrecht. Es ist kaum vorstellbar, dass dieser gottlose Mensch um geistlichen Beistand bittet. Doch sein Bote berichtete, er liege im Sterben und sehne sich danach, in seiner letzten Stunde von all seinen Sünden befreit zu werden."

„Diesen Menschen kann man nur schwerlich von all seinen Sünden befreien. So viele Gebete kann ein Einzelner in dieser Zeit kaum beten."

„Wohl wahr! Und dessen scheint sich auch der Herr Ritter gewahr zu sein, denn er bittet darum, dass alle Mönche aus dem Kloster mich begleiten, damit sie für ihn beten."

„Das heißt, Ihr werdet nicht allein zu ihm fahren?"

„Nein, ich werde alle Brüder des Klosters mitnehmen."

Der Mönch schwieg und sah den Abt abwartend an. Dann fragte er ungläubig: „Das bedeutet, Ihr werdet ihm die Bitte gewähren?"

„Gott ist barmherzig", erwiderte der Abt. „Wenn wir die Möglichkeit haben, eine Seele zu retten – und sei sie noch so schändlich – so ist es unsere Pflicht, dies zu tun. Oder wie denkst du darüber, mein Bruder?"

Der Mönch schwieg eine lange Zeit, und der Abt bemerkte wohl, wie sehr er mit sich rang. „Auch wenn ich kaum glauben mag, dass unsere Gebete ausreichen werden, um seine Seele von all seinen Sünden zu befreien, so habe ich doch Vertrauen in Eure Weisheit, ehrwürdiger Vater. Mag der Herr Ritter auch der übelste Gesell hienieden sein, Ihr solltet ihm in seiner letzten Stunde gewiss nicht Euren Beistand verwehren."

„Ich bin mir sicher, dass es keine böse List ist. Selbst jener würde es niemals wagen, seinen nahenden Tod vorzutäuschen, um heilige Männer in einen Hinterhalt zu locken."

Der Mönch erhob sich. „Ich hoffe, dass Ihr recht behaltet, ehrwürdiger Vater. Ganz wohl, das muss ich gestehen, ist mir bei dieser Geschichte nicht. Doch nun will ich die anderen Brüder benachrichtigen und die Schlitten anspannen lassen. Wir werden Euch bei diesem heiligen und doch gefährlichen Auftrag begleiten und an Eurer Seite sein."

Der Abt nickte stumm und blickte dem Mönch nach, der eilig den Raum verließ. Gedankenvoll ließ er abermals den Blick aus dem Fenster schweifen. Ohne Zweifel war der Ritter ein schlechter, gewissenloser, sündiger Mann. Doch es gab viele Menschen, die im Angesicht des Todes Reue zeigten und vor ihrem Ableben die Beichte abzulegen wünschten. Niemand wollte mit ungesühnten Schandtaten vor den Herrn treten.

Der Abt begab sich zu den Schlitten, wo seine Brüder bereits auf ihn warteten.

Schweigend machten sich die Mönche auf den Weg. Sie nahmen die kürzeste Strecke, die sie über den zugefrorenen See führte, um möglichst rasch zur Burg zu gelangen.

Beinahe hatten sie das andere Ufer erreicht, da kam ihnen ein Mann entgegengelaufen.

„Kehrt um!", schrie er, so laut er konnte, „kehrt um und fahrt, so schnell Ihr könnt, zurück ins Kloster! Der Ritter will Euch in eine Falle locken!"

Der Abt hob die Hand, und die Schlitten kamen zum Stehen. „Was soll das heißen?", fragte er den schwer atmenden, aufgebrachten Mann. „Er bittet doch, in den letzten Stunden seines Lebens, um Vergebung für alle seine Sünden. Wir sind gekommen, um für ihn zu beten."

„Welch ungeheuerlicher Hohn – der Ritter liegt keinesfalls im Sterben!", rief der Mann und zeigte hoch zur Burg. „Dort oben lauert er Euch auf – aber nicht, um seine Beichte abzulegen. Er will Rache an Euch nehmen, weil Ihr den Schutzherrn des Klosters um Hilfe ersucht habt. Das hat den Ritter so sehr erzürnt, dass er nun alle Mönche des Klosters töten will. Ihr solltet sofort wieder zurück ins Kloster fahren und Euch dort vor ihm in Sicherheit bringen."

„Für diesen treuen Dienst gehört dir unser Dank, mein Sohn", sagte der Abt. „Doch auch du kannst es nun unmöglich wagen, in die Burg zurückzukehren. Wenn der Ritter erfährt, dass du uns gewarnt hast, dann hast du dein Leben verwirkt. Steig zu mir auf den Schlitten, damit wir dich zu uns ins Kloster mitnehmen können."

Der Diener kletterte in den Schlitten des Abtes. „Gott wird dich sicher für deine gute Tat belohnen", beruhigte der Abt den braven Mann, der ängstlich zur Burg hinaufblickte.

Nach kurzer Zeit waren alle Schlitten gewendet, und in rasender Fahrt machten sie sich auf den Rückweg.

Der Abt dankte stumm dem Herrn, dass er den Diener zu ihrer Warnung geschickt hatte. Er erkannte mit Erschütterung, dass er in seiner Arglosigkeit um ein Haar all seine Brüder dem barbarischen Ritter ausgeliefert hätte. Allein dieser Gedanke ließ seinen Körper erzittern.

Plötzlich hörte er wildes Geschrei hinter sich. Erschrocken wandte er sich um und erblickte eine Horde Reiter, die bedrohlich näherkam. An der Spitze ritt der Raubritter, der vorgegeben hatte, im Sterben zu liegen. Wütend gab er seinem Pferd die Sporen und schwang voll Ungestüm sein Schwert. Die Reiter waren noch zu weit entfernt, als dass er ihr Geschrei verstehen konnte, doch ihre Gebärden verrieten ihre bösen Absichten.

„Fahrt schneller!“, rief der Abt den Mönchen zu. „Der Ritter ist uns auf den Fersen und kommt immer näher. Wenn wir uns nicht beeilen, hat er uns noch vor dem Ufer eingeholt!“

Die Mönche versuchten, so geschwind als möglich voranzukommen, doch die Pferde des Ritters waren schneller, und ihr Vorsprung schmolz immer mehr dahin. Wieder und wieder wandte der Abt sich um und sah mit wachsender Sorge, wie der Ritter mit grimmiger Miene sein Pferd antrieb. Wie hatte er nur glauben können, dass dieser vom Teufel besessene Mensch plötzlich eine Läuterung erfahren wollte? Der Abt schickte ein stummes Stoßgebet zum Herrn. Er sah das Ufer näherkommen und hoffte, sie würden es rechtzeitig erreichen, um der wilden Horde zu entkommen.

„Los, Männer!“, hörte er den Ritter brüllen, „gleich haben wir die feinen Gottesmänner in unserer Hand. Aber ich sage euch – der dicke Abt gehört mir!“

Der Abt schauderte und wünschte sich insgeheim, der See würde sich auftun und den Ritter mit seinen Schergen verschlucken.

Ängstlich wandte er den Kopf und sah den Ritter auf seinem Ross plötzlich neben sich auftauchen.

„So, du fette Krähe“, frohlockte der wilde Gesell, „hast du wirklich gedacht, du könntest mir entkommen?“

Der Abt schluckte und starrte wie gebannt auf das Schwert des Ritters.

„Was ist dir? Hat es dir die Sprache verschlagen?“, höhnte sein Angreifer weiter und ließ im gleichen Augenblick mit aller Kraft sein Schwert niedersausen.

Der Abt schloss die Augen und spürte einen eisigen, scharfen Luftzug an seinem Ohr. Er ahnte, dass ihn das Schwert des Ritters nur um Haaresbreite verfehlt hatte und dass der nächste Hieb ihn treffen würde.

„Schneller“, hörte er einen Bruder neben sich drängen. „Er bringt ihn sonst noch um!“

Der Abt hörte das teuflische Lachen des Ritters und wappnete sich gegen den nächsten Schwerthieb. Er wusste, er war ihm hilflos ausgeliefert.

Plötzlich spürte er ein heftiges Rucken des Schlittens. Erschrocken riss er die Augen auf und blickte sich um. Der Ritter war um einen Meter hinter seinen Schlitten zurückgefallen, und der Abt sah, dass das Eis zu brechen begann.

„Seht – die Eisdecke!“, schrie er. „beeilt euch, sonst sind wir alle des Todes!“

Die Risse im Eis wurden immer größer. Der Ritter und seine Männer kämpften vergeblich darum, die Schlitten zu erreichen.

Endlich gelangten der Abt und seine Mönche an das Ufer. „Haltet an!“, rief er und sprang aus dem Schlitten. Fassungslos beobachteten sie, wie der Ritter und seine

Männer samt Pferden im See versanken. Sie tauchten kurze Zeit später wieder an der Wasseroberfläche auf und versuchten verzweifelt, das Seeufer zu erreichen. Doch ihre Kleider hatten sich bereits mit eisigem Wasser vollgesogen, und ihre Kettenhemden zogen sie unbarmherzig in die Tiefe.

„Gnade – so helft mir doch!", schrie der Ritter, bevor er für immer in der schwarzen Tiefe des Sees verschwand.

Der Abt blieb schweigend am Seeufer stehen und starrte wie gebannt auf die Stelle, wo die Bösewichter ihr Leben hatten lassen müssen. Dankbar sank er auf die Knie.

„Brüder, lasst uns beten", rief er. „Gott war uns gnädig und hat im Augenblick tödlicher Gefahr seine schützende Hand über uns gehalten."

Alle Mönche sanken in den Schnee und stimmten mit dem Abt in ein Gebet ein, bevor sie wohlbehalten wieder in das Kloster zurückkehrten.

Von den Rittern und seinen Pferden wurde nie wieder etwas gesehen, und manche Legende erzählt, dass sie dort unten, am Grund des Sees, als Getreue des Teufels ihr lasterhaftes Leben fortsetzen.

Der schwarze Fuchs der Olbrück

Jeder Wanderer, der das Brohltal durchquert, sieht schon von weither den majestätischen Bergfried der Olbrück am Horizont. Hier herrschten einst mächtige Grafen, und einer von ihnen war der Burggraf Otto. Er war ein weiser, kluger Herrscher, der von seinen Untertanen geachtet, ja verehrt wurde.

Nun kam der Tag, da der Burggraf beschloss, sich den Kreuzzügen anzuschließen. Doch er wollte die Burg in dieser Zeit gut verwaltet wissen. So lag er viele Nächte lang wach und überlegte, wer ein würdiger Burgvogt wäre, der ihn vertreten konnte, während er in den Kampf zog. Nach langem Nachsinnen entschloss er sich, seinen Diener Benno auszuwählen. Er hatte ihm immer treu und ergeben gedient und würde seinen Dienst gewissenhaft versehen.

Wildes Geschrei durchdrang die Schenke, und Heinrich, der Schneider, hatte alle Mühe, sich Gehör zu verschaffen.

„Nun haltet doch einmal inne“, versuchte er, den Lärm zu übertönen, „wir müssen uns einen klugen Plan zurechtlegen.“

„Dieser Kerl, dieser Benno, hat den Frondienst erhöht“, kreischte eine Frau, „und als mein Mann den Zehnt nicht abliefern konnte, warf er ihn einfach ins Verlies!“

Heinrich wandte sich ihr zu und nickte. „Darum sind wir ja hier“, antwortete er.

Ein anderer rief empört: „Nicht genug, dass er seine Gefangenen quält, er verhöhnt sie noch in ihrem Elend, wenn sie, von Hunger, Durst und Ungeziefer gepeinigt, stöhnen und klagen. Dann ruft er seinen

Spießgesellen zu: Hört ihr, wie meine Füchse bellen?“

„Er ist ein Ungeheuer“, klagte eine andere Frau. „Ach, wenn das unser Burggraf wüsste!“

„Nun“, warf Heinrich ein, „unser Burggraf würde ihm die Strafe zukommen lassen, die ihm gebührt. Doch er weilt nach wie vor im fernen Heiligen Land, sodass wir uns selber helfen müssen.“

„Und was willst du tun? Die Burg ist gut bewacht“, gab der Wirt der Schenke zu bedenken. „Wir werden dort nicht ohne Weiteres hineinkommen, um ihn zu überwältigen. Außerdem hat er seine rauen Spießgesellen. Die kennen kein Erbarmen und würden uns gewiss sofort ins Verlies werfen.“

„Da magst du recht haben, Wirt. Doch mit List kann es uns gelingen, in die Burg einzudringen und dem Gesindel seine gerechte Strafe zuzufügen. “

„Da bin ich aber gespannt, wie du das schaffen willst“, murmelte der Wirt und griff nach einem Krug, um ihn mit Bier zu füllen.

Die anderen sahen Heinrich erwartungsvoll an.

Dieser holte tief Luft und begann, den anderen seinen Plan zu erklären: „Wie ich schon sagte, es ist List vonnöten, den finstren Benno zu besiegen. Es wird nicht einfach werden, und wir müssen all unseren Mut aufbringen. Ich kann euch auch nicht versprechen, dass mein Plan gelingt. Trotzdem bitt‘ ich euch, hört meinen Vorschlag an und entscheidet dann, was wir tun werden.“

„Sag uns, was du vorhast“, rief der Metzger und hob seinen Krug, „ich helf dir gern mit meinen Fäusten.“

„Das höre ich mit Freuden“, erwiderte Heinrich, „doch erst muss ich wissen, ob einer von euch ein Instrument zu spielen versteht.“

„Wozu soll das gut sein?“, meldete sich der Schmied zu Wort.

Ein breites Lachen im Antlitz, versicherte Heinrich: „Hab Geduld, das erkläre ich euch später. Ich spiele leidlich die Flöte. Welcher Musikant unter euch mag sich hinzugesellen und mich begleiten?“

„Ich spiele die Fiedel“, meldete sich Baltes, ein Fronbauer aus Oberzissen, zu Wort.

„Wunderbar“, lächelte Heinrich, „dann will ich euch nun in meinen Plan einweihen.“

Die Unterredung ging noch weit bis in die Morgenstunden hinein, und als die Leute die Schenke bei den ersten Sonnenstrahlen verließen, nahmen sie in ihren Herzen einen Funken Hoffnung mit nach Hause.

Am nächsten Abend gingen Heinrich und Baltes, der Fronbauer, hinauf zum Burgtor und begannen zu spielen. Lustige Weisen boten sie auf, und es dauerte auch nicht lange, da öffnete sich das Burgtor.

„Was habt ihr hier zu suchen?“, brüllte der Torwächter ihnen entgegen.

„Wir wollten dem Herrn Vogt unsere Dienste anbieten und zum Tanze aufspielen“, antwortete Heinrich und stimmte ein neues Lied an.

„Ich glaube nicht, dass unser Herr das hören will", brummte der Torwächter und schob das Tor wieder zu.

„Wollt Ihr ihn nicht zumindest einmal fragen?", rief Heinrich, so laut er konnte.

„Wozu soll das gut sein?", dröhnte die Stimme des Torwächters durch das verschlossene Burgtor zurück.

Verzweifelt sah Baltes Heinrich an. „Und was nun, mein Freund?", flüsterte er, „sie lassen uns erst gar nicht hinein!"

Heinrich ließ seine Flöte sinken und starrte auf das geschlossene Tor.

„Was war das für eine liebliche Musik?", hörten sie plötzlich eine Stimme aus dem Inneren des Burghofes, „wer spielt dort vor meinen Mauern? Torwächter, öffne das Tor, damit ich die Musikanten sehen kann!"

Heinrich und Baltes sahen, wie sich das Burgtor wieder öffnete und ein fremder Herr heraustrat.

„Ich bin der Vogt dieser Burg", begrüßte er sie, „doch wer seid ihr, woher kommt ihr und was ist euer Begehr?"

„Wir sind fahrende Musikanten auf der Durchreise", antwortete Heinrich und hob zur Bestätigung seine Flöte empor, „schon von weither sahen wir die mächtige Burg und fragten uns, ob es dem Herrn wohl gefallen würde, unserer Musik zu lauschen."

Der Vogt hob einladend die Hand. „Das passt ja trefflich", lachte er, „ich gebe gerade ein Fest, und uns fehlen noch die Musikanten. Kommt und spielt für uns." Mit diesen Worten wandte er sich um. „Lasst die beiden in die Burg", herrschte er den Torwächter an und verschwand in Richtung des mächtigen Wohnturms.

Heinrich und Baltes traten schnell durch das Tor und folgten ihm.

Im Inneren wurde bereits kräftig dem Weine zugesprochen, und ihnen schlug Lachen und Geschrei entgegen. Heinrich und Baltes sahen sich um. Es waren weit mehr Gäste zugegen, als sie erwartet hatten. Überall standen und saßen grimmig dreinblickende Männer. Es würde nicht leicht werden, ihr Vorhaben auszuführen.

„Was ist nun", lallte eine schwere Stimme neben Heinrich, „wollt ihr nun spielen oder nur nutzlos herumstehen?"

Erschrocken blickte Heinrich einem übelriechenden Gesellen ins Antlitz, der drohend den Arm hob.

„Gewiss wollen wir spielen, wenn's erlaubt ist", murmelte er und hob seine Flöte.

Nun stimmten Heinrich und Baltes lustige Weisen an, und der Vogt klatschte begeistert in die Hände.

Die Zeit verging, und als Heinrich merkte, dass ihre Musik kein Gehör mehr fand, wandte er sich flüsternd Baltes zu. „Ich gehe hinaus und biete dem Torwächter an, ihn abzulösen. Wenn die Gäste und der Gastgeber so trunken sind, dass sie einschlafen, komm hinaus zu mir."

Baltes nickte stumm, und Heinrich begab sich ins Freie.

„Halt!", erklang plötzlich die unwirsche Stimme des Torwächters, „was lauft Ihr hier draußen herum? Solltet Ihr nicht für den Herrn spielen?"

Heinrich blieb stehen und antwortete mit unschuldiger Miene: „Ich wollte Euch anbieten, Euren Platz einzunehmen, damit auch Ihr ein wenig mitfeiern, schmausen und zechen könnt."

Der Torwächter kam näher und betrachtete Heinrich voller Misstrauen. „Warum habt Ihr aufgehört zu spielen? Und wo ist der andere Musikant, der mit Euch kam?"

„Mein Freund, der Fiedler, ist noch auf dem Fest, um zu spielen, falls der Herr Vogt dies wünscht."

„Und warum spielt Ihr nicht mit ihm? Woher soll ich wissen, dass ich Euch trauen kann?" Der Torwächter kam einen Schritt auf Heinrich zu und hob seinen Speer, „seid Ihr womöglich ein Verräter? Wenn ja, dann könnt Ihr den Ratten im Verlies aufspielen." Mit diesen Worten drückte er Heinrich die Speerspitze an den Hals.

Heinrich wurde heiß und kalt. „Bitte", murmelte er beschwichtigend, „ich wollte Euch nur einen Gefallen tun. Ich wusste ja nicht, dass Ihr dies als Verrat ansehen würdet. Euer Herr und seine Freunde haben im Moment kein Verlangen mehr nach meiner Musik. Wenn Ihr mir nicht glaubt, geht hinein und seht selbst."

Heinrich hielt kurz inne, doch der Torwächter machte keine Anstalten, den Speer sinken zu lassen. „Glaubt mir", sprach er weiter, „als ich nun auf den weiteren Befehl des Vogtes wartete, kam mir der Gedanke, dass Ihr, der Ihr so lange hier draußen in der Kälte gestanden habt, vielleicht auch den Wunsch nach Wein und Braten hegt. Doch ich erkenne, dass ich irrte."

Der Torwächter betrachtete ihn stumm, und Heinrich überlegte fieberhaft, was er nun tun sollte. Was war, wenn der Torwächter nicht auf seinen Vorschlag einging? Oder ihn gar ohne Worte ins Verlies warf? Was würde aus Baltes werden?

„Ihr wollt tatsächlich meinen Dienst übernehmen?", riss die Stimme des Torwächters ihn aus seinen Gedanken.

„Nun, ich hatte dem Vogt versprochen, bis zum Ende des Festes zu bleiben. Da er im Augenblick keine Musik mehr zu hören wünscht, kam mir dies in den Sinn. Mir selbst steht es nicht zu, an dem herrlichen Trinkgelage teilzunehmen."

„Hm ... "

Heinrich sah, dass er den Torwächter auf eine harte Probe stellte. Doch schließlich siegte die Lust auf Wein und Braten über die Pflicht. „Ich nehme Euer Anerbieten an", sprach der Torwächter und ließ seinen Speer sinken. „Doch dass Ihr mir ja nicht Euren Platz verlasst! Und den Schlüssel zum Tor behalte ich – zur Sicherheit!"

Heinrich nickte eifrig und rieb sich die Stelle, an der ihn der Speer gedrückt hatte.

„Ihr bleibt hier neben dem Tor stehen und rührt Euch nicht vom Fleck. Falls jemand ans Tor klopft, holt Ihr mich, verstanden? Ich werde es dann öffnen."

„Wie Ihr wünscht", entgegnete Heinrich.

Der Torwächter sah ihm noch einen Moment lang eindringlich in die Augen, dann verschwand er in Richtung des Festes.

Heinrich atmete erleichtert auf und lehnte sich an das schwere Tor. Nun musste er nur noch warten, bis Baltes ihm das versprochene Zeichen gab.

Die Zeit verstrich, und außer dem dumpfen Gegröle und Gepolter der Männer aus dem Wohnturm war nichts zu hören. Plötzlich tauchten die Umrisse einer Gestalt in der Dunkelheit auf.

„Baltes?", flüsterte Heinrich.

„Nein!", ertönte in dem Augenblick die Stimme des Torwächters neben ihm, „ich bin es! Wer ist Baltes?" Drohend kam er auf Heinrich zu.

Dieser machte einen Schritt zurück und schluckte. Dass der Torwächter noch einmal auftauchen könnte, hatte er nicht in Betracht gezogen.

„Oh verzeiht, mein Herr. War dies denn nicht Euer Name? Ich dachte, Ihr hießet so."

Der Torwächter sah ihn unschlüssig an, und Heinrich bemerkte, dass er bereits recht unsicher auf den Beinen war. „Nein, das ist mein Name nicht!" Schwerfällig lehnte der Wächter sich an das Burgtor. „Ich wollte nur hören, ob alles ruhig ist."

„Ja", antwortete Heinrich, „nichts rührt sich. Falls jemand kommt, werde ich Euch, wie versprochen, sofort Nachricht bringen."

„Gut, das ist gut", murmelte der Torwächter mit trunken schwerer Zunge und wandte sich schwankend um, „ich werde dann wieder hineingehen."

Heinrich blickte ihm aufatmend hinterher. So hätte das Abenteuer beinahe eine unglückliche Wendung genommen! Er musste noch mehr Vorsicht walten lassen.

Die Zeit verging nur langsam und Heinrich fragte sich, wie es Baltes in dem Wohnturm wohl erging und wie die Dinge dort standen. Ob die Spießgesellen endlich voll des süßen Weines waren?

„Heinrich?", rief plötzlich eine Stimme neben ihm, „Bist du es?"

Heinrich zuckte zusammen und machte einen Schritt rückwärts. Vor ihm stand Baltes.

„Still, mein Freund", flüsterte er, „ich musste schon die Bekanntschaft mit einer Speerspitze machen."

„Keine Sorge, die Zecher dort hören mich nicht", antwortete Baltes, bedeutend leiser, „von denen steht keiner mehr auf seinen Beinen!"

„Bist du sicher? Der Torwächter war noch vor einer Weile hier und hat mir einen gehörigen Schrecken eingejagt."

„Der liegt jetzt wie alle anderen im tiefen Schlaf. Schau", mit diesen Worten zog er den Torschlüssel aus der Tasche, „dies habe ich ihm entwendet, als er schnarchend auf dem Boden lag."

„Woher wusstest du, dass er ihn noch bei sich trug?"

„Ich hatte sein Gespräch belauscht, als er einem seiner Kumpane erzählte, dass er dich zum Narren gehalten hätte und du nun hier draußen ohne Schlüssel in der Kälte stehen müsstest."

Heinrich griff nach dem Schlüssel und schwieg.

„Gräme dich nicht", sagte Baltes und legte ihm mitfühlend die Hand auf den Arm, „niemand weiß besser als ich, dass es nicht der Wahrheit entspricht."

Mit einem Ruck zog Heinrich das Tor auf. „Jetzt wird sich zeigen, wer hier wen zum Narren gehalten hat." Mit diesen Worten trat er hinaus. „Nur herbei, meine Freunde!", rief er in die Nacht, „jetzt kommt die Stunde unserer Vergeltung!"

Auf diese Worte hatten die Bauern und Dorfbewohner nur gewartet. Mit Mistgabeln und Hacken bewaffnet, stürmten sie ins Innere der Burg und überwältigten den Burgvogt Benno und seine Zechgenossen, die keine Gegenwehr mehr leisten konnten.

Allesamt wurden sie in das Burgverlies gesperrt, bis der Burggraf Otto in seine Heimat zurückkehrte. Als er hörte, was sein Burgvogt angerichtet und verschuldet hatte, hielt er sofort Gericht über ihn und schon am nächsten Tag wurde Benno gehängt. Die Untertanen jubelten, und alle waren froh, endlich wieder in Ruhe und Frieden leben zu können.

Der Burgvogt Benno jedoch hat bis heute keine Ruhe gefunden und geistert bis auf den heutigen Tag um den Burgberg herum, zur Strafe für seine Untaten:

Habt ihr nicht den schwarzen Fuchs geseh'n?
Um die Ruine schleichen und geh'n?
Ich hab ihn schon geseh'n und nehm's als
schlimmes Zeichen.
Der Unhold, der bei Lebenszeit
Hart plagte Land und Leut,
der trägt zur Schuld ein schwarzes Kleid
um die Ruin noch heut.

Die Teufelsley

Wer möchte sie nicht gerne einmal kennenlernen, die lustigen, kleinen Lichtbolde, die für Frieden und Eintracht in den Wäldern der Eifel sorgen? Wenn an irgendeinem Ort Zank und Verdruss herrschen, eilen sie herbei und bringen die Streithähne dazu, sich zu versöhnen.

Das bereitete einst dem Teufel, dessen ganzes Wesen nach Zwietracht strebt, großen Verdruss. Immer wieder versuchte er, Unfrieden zu stiften, und er tobte jedesmal vor Wut, wenn die Lichtbolde seine Schikanen vereitelten.

Als sie wieder einmal eine seiner Untaten abgewehrt hatten, beschloss er, dass es nun ein Ende haben solle mit den guten Werken seiner kleinen Widersacher. Lange sann er darüber nach, wie er diesen Störenfrieden eine Lehre erteilen konnte. Es musste etwas sein, das sie so schnell nicht wieder vergessen würden.

Leise schlich der Teufel zum Eingang der Höhle und rieb sich seine langen Finger. Als ihm endlich eine List eingefallen war, die ihm klug erschien, begab er sich zur Höhle der Steinbolde. Denn um seinen Plan in die Tat umzusetzen, brauchte er Hilfe und er wusste stets nur zu gut, wer ihm würde helfen können. Vergnügt schritt er durch den langen Gang der Höhle und überlegte, wie er die Steinbolde am besten auf seine Seite ziehen konnte. Im Gegensatz zu den Lichtbolden lebten sie in den Tiefen des Berges und liebten es, stundenlang an den großen Felsbrocken herumzuhämmern. Allerdings hielten sie sich auch niemals mit Streitereien oder dergleichen auf. Viele Male schon hatte er versucht, sie zu gewinnen. Doch sie hörten ihm einfach nicht zu und arbeiteten immer weiter. Er musste also sehr geschickt vorgehen, um sie für sein Vorhaben zu vereinnahmen.

„Meine lieben, kleinen Freunde“, begrüßte er die Steinbolde überschwänglich, als er die Höhle betreten hatte. „Ich sehe, ihr seid wie immer fleißig.“

Die Steinbolde sahen kurz von ihrer Arbeit auf, um gleich weiterzuhämmern.

„Solch großen Eifer lobe ich mir“, redete der Teufel weiter, „doch ich muss euch in eurer Arbeit stören, denn ich habe eine recht drängende Nachricht zu überbringen.“

„Wir haben keine Zeit“, brummte einer der Bolde und schwang sein kleines Brecheisen, „also, lass uns in Ruhe unsere Arbeit verrichten.“

„Gewiss, daran tut ihr recht“, antwortete der Teufel und versuchte, seinen Zorn zu unterdrücken, „doch es geht um euer Heim und eurer Leben.“

Auch jetzt unterbrachen die Steinbolde ihre Arbeit nicht.

„Ich weiß, dass Ihr sehr emsig seid, doch es ist tatsächlich von höchster Dringlichkeit.“

Die Steinbolde drehten ihm die Rücken zu, und da konnte der Teufel seine Wut nicht länger im Zaum halten.

„Glaubt ihr etwa, ich habe den langen Weg hinter mich gebracht, damit ihr mir nicht einmal ins Antlitz schaut?“, schrie er aufgebracht, „nun denn, dann soll es wohl so sein: Verliert euren Berg! Mir soll es gleich sein.“ Dann kehrte er ihnen den Rücken zu.

Sofort horchten alle Steinbolde auf, einige ließen ihre Werkzeuge sinken. „Wie meinst du das?“ und „Was willst du damit sagen?“ klang es aufgeregt durcheinander.

Erleichtert wandte der Teufel sich den Steinbolden wieder zu. „Die Lichtbolde haben sich bei Gott über euch beschwert.“ Voll Abscheu spuckte er dreimal in die Finger, als er Gottes Namen aussprach. „Sie sagten, dass ihr den ganzen Berg aushöhlt, sodass sie auf dem Gipfel nicht länger ihre Feste feiern können!“

Nun unterbrachen alle Steinbolde ihre Arbeit und starrten den Teufel verständnislos an. „Was soll das nur bedeuten?“

„Nun, ich denke, sie wollen, dass ihr den Berg räumt, damit sie ihn ganz für sich in Besitz nehmen können.“

Kaum hatte der Teufel dies gesagt, da brach ein lauter Tumult los. Alle Steinbolde schrieen durcheinander.

„Wie können sie es nur wagen, solche Lügen zu erzählen?“

„Wir arbeiten hart und zerstören unseren Berg mitnichten – wie infam und heimtückisch, das zu behaupten!“

„Das lassen wir uns nicht gefallen! Nur weil sie meinen, ständig ihre Feste feiern zu müssen, sollten wir uns nicht vertreiben lassen.“

„Wie können sie nur so hinterhältig sein?“

Der Teufel strich sich behaglich über seinen kleinen Spitzbart und genoss die aufgebrachte Stimmung.

„Ihr müsst schleunigst etwas unternehmen!“, rief er schließlich in das Geschrei hinein. „Am besten vertreibt ihr sie aus dieser Gegend. Dann habt ihr endlich eure Ruhe und könnt in Frieden weiterarbeiten.“

Die Steinbolde verstummten und sahen den Teufel überrascht an.

„Und wie sollen wir das machen?“, murmelte einer, der direkt neben dem Leibhaftigen stand. „Sie halten sich nur im Sonnenlicht auf dem Berg auf, und wir hassen die Sonne. Wir verlassen tagsüber niemals unsere Höhle!“

„Aber, aber“, beschwichtigte sie der Teufel, „das braucht ihr doch gar nicht. Es gibt einen viel besseren Weg. Wollt ihr nicht hören, wie wir sie übertölpeln können?“

Die Steinbolde nickten und scharten sich um den Teufel. Mit schmeichelnder Stimme erklärte er ihnen seinen Plan, und je mehr die Steinbolde davon begriffen, umso mehr hellten sich ihre Gesichter auf.

„Ja!“, riefen sie im Chor, „das werden wir tun. Sobald die Sonne untergeht, gehen wir ans Werk.“

Der Teufel grüßte in die Runde und wandte sich zum Ausgang der Höhle.

„Bei Sonnenaufgang komme ich hinauf auf die Bergspitze. Seid ihr sicher, dass ihr es in dieser Zeit auch schaffen könnt?“

„Das soll uns wohl gelingen“, lachten die Steinbolde, „bevor die Sonne hinter den Bergen aufgeht, sind wir fertig.“

„Nun denn, wir sehen uns, wenn der Morgen dämmert, meine Freunde.“

Mit sich und der Welt zufrieden, verließ der Teufel die Höhle. Nun musste er nur noch bis zum nächsten Morgen ausharren.

Ungeduldig wartete der Teufel. Immer wieder sah er nach Osten, ob der Himmel sich schon rot färbe, doch die Zeit wollte nicht vergehen. In den frühen Morgenstunden hielt er es nicht mehr aus und machte sich auf den Weg. Ob sie es wirklich schafften? Je näher er dem Berg kam, desto schneller lief er.

„Wie weit seid ihr mit eurem Werk gediehen?“, rief er den Steinbolden entgegen, als er den Gipfel des Berges erreicht hatte, „ist's bald vollendet?“

„Macht Euch keine Sorgen“, erwiderte munter einer der Steinbolde, „wir kommen gut voran.“

„Hat sich einer von den Lichtbolden blicken lassen? Ich konnte euer Gehämmer schon von weither hören.“

„Nein, es kam niemand hinzu. Es würde mich auch wundern, denn die Lichtbolde hassen die schwarze Nacht.“

„Ja, und zudem ängstigt sie der Lärm, den unsere Arbeit verursacht“, mischte sich ein zweiter Steinbold ein. „Sie würden es niemals wagen, sich hier sehen zu lassen.“

„Nun wohl, dann ist es ja gut“, seufzte der Teufel und ließ seinen Blick über den Berggipfel gleiten. Die Steinbolde brauchten kein Licht für ihre Arbeit, aber er konnte im schwachen Schein des Mondes die Umrisse der Steine erkennen, die in den dunklen Himmel ragten.

Zufrieden setzte er sich an einen Baum und beobachtete das geschäftige Treiben. Wenn die verhassten Lichtbolde bei den ersten Sonnenstrahlen auftauchten, würde er sie gebührend empfangen. Wieso war er nicht schon viel früher auf die Idee gekommen, an ihrem Festplatz eine Burg zu errichten?

Plötzlich hallte ein gewaltiger Donner über die Berge, der den Boden unter ihm erzittern ließ. Erschrocken sprang der Teufel auf die Füße und sah, wie die Sonne mit einer Eile am Himmel stieg, wie er es noch nie erlebt hatte. Wildes Geschrei brach um ihm herum aus. Und bevor er auch nur mit einer Wimper zucken konnte, waren alle Steinbolde verschwunden.

„Verflucht, was geht hier vor?“, tobte der Teufel. „Wer maßt er sich an, die Sonne so früh aufgehen zu lassen?“

„Wie kannst du es wagen?“, dröhnte in diesem Augenblick Gottes Stimme aus allen Richtungen. „Du weißt, dass dieser Ort den Lichtbolden gehört!“

Dem Teufel wurde angst und bange. An Gott hatte er nicht gedacht. Am liebsten hätte er sich in Luft aufgelöst. Doch für eine Flucht war es zu spät.

„Mein bester Gruß zum Morgen“, begann er mit zaghafter Stimme, „ich ...“

„Antworte auf meine Frage!“

„Oh, bitte verzeih, was hast du gefragt?“

„Lass das Spaßen, Luzifer. Wie kannst du dich erdreisten, an diesem Ort eine Burg zu errichten?“

„Ich?“ Der Teufel hob mit unschuldiger Miene beide Hände. „Ich habe nichts damit zu tun. Die Steinbolde haben ...“

„Wage es nicht, mich zu belügen“, schallte Gottes Stimme an sein Ohr. „Ich weiß, was du vorhast und dass du die Steinbolde durch eine List auf deine Seite gebracht hast.“

„Wer auch immer dir so etwas zutrug, hat eine üble Lüge verbreitet“, empörte sich der Teufel. „Ich hörte lautes Gehämmer und wollte nachsehen, was hier geschah. Das ist alles.“

„Schweig!“, donnerte Gott, und eine riesige Faust kam herab und schlug in die fast fertige Burg. „Nicht genug, dass du ein Lügner bist. Nein, du bist auch noch feige.“

Erschrocken sah der Teufel, wie seine Burg in sich zusammenbrach. Nun waren alle Mühen umsonst und alle Pläne nichtig! Zutiefst gekränkt, drehte er sich um und wollte gehen.

„Bleib stehen!“

Der Teufel blieb wie angewurzelt stehen. „Ich bin es leid, dass du ständig Unheil verbreitest und dich nicht an meine Gebote hältst.“

Langsam drehte der Teufel sich um und stemmte seine Hände in die Hüfte.

„Ich habe nichts getan", giftete er los. „Es ist mein Los, dass immer mir die Schuld angelastet wird. Ich bin es unendlich leid!"

Kaum hatte er dies ausgesprochen, da wurde er auch schon von starken Armen gepackt. Wild wandte er sich hin und her. Doch gegen Gottes Allmächtigkeit war der Teufel hilflos.

„Lass mich los!", schrie er aufgebracht. „Ich habe die Burg nicht gebaut!"

„Aber du hast die Steinbolde dazu angestiftet, oder war es etwa nicht so?"

Der Teufel überlegte fieberhaft, wie er ungeschoren aus dieser Situation herauskommen konnte, ohne die Wahrheit zu sagen. Denn er hasste die Wahrheit. „Also gut, ich gestehe, dass ich das Gerücht hörte, jemand wolle auf dem Berg eine Burg bauen", begann er und wand sich aus dem Griff. „So machte ich mich auf den Weg, um mit eigenen Augen zu sehen, was wahr sei an dieser Kunde und dann ..."

„Wie du willst!", schalt Gott und ließ den Berg erzittern. „Du wolltest eine mächtige Behausung? Ich werde dir eine beschaffen."

Mit einem scharfen Ruck zog er den Teufel in die Höhe und flog zum Fuße des Berges. Vor einem gewaltigen Bergmassiv hielt er an und drückte den Teufel gegen die Wand. „Hier kannst du in aller Ruhe über deine Untaten nachdenken."

Kaum hatte Gott diese Worte ausgesprochen, da begann der Stein um den Teufel herum zu wachsen. Schreiend hämmerte er gegen die Mauern, die ihn bald ringsum einschlossen. Doch es half ihm nichts. Er saß in der Falle.

Noch heute kann man in der Felswand die versteinerte Fratze des Teufels erkennen. Allerdings liegt die Stelle verborgen im Tal, und nur wenige verirren sich dorthin.

Belebter geht es auf dem Gipfel des Berges zu, der unter dem Namen Teufelsley bekannt ist. Hier feiern noch heute die Lichtbolde ihre Feste, und wer ganz genau hinsieht, kann vielleicht auch noch die Reste der Teufelsburg erkennen.

Die Gefangenen von Burg Are

Hoch oben auf dem felsigen Gipfel, zu dessen Fuße sich der Ort Altenahr erstreckt, thront die stattliche Burg Are. Seit vielen Generationen ist sie unser Zuhause und wir kennen jeden Winkel des alten Gemäuers. Viele mächtige Gaugrafen erlebten wir, die das Land von hier aus beherrschten. Auch den neuen Besitzer der Burg haben wir schon mehrfach zu Gesicht bekommen. Es ist Konrad von Hochstaden, der als Erzbischof über Köln gebietet. Er bekam die gesamte Grafschaft samt der Stammsitze Are und Hochstaden von seinem Bruder Friedrich von Hochstaden-Ahre zum Geschenk. Konrad von Hochstaden kam der Besitz der Burg sehr gelegen, denn es geschah genau zu jener Zeit, da eine Anzahl von Ratsherren und Bürgern sich gegen den Erzbischof erhoben. Dieser ließ die Anführer seiner Gegner, elf Patrizier an der Zahl, gefangen nehmen und auf der Burg Are in sicheren Gewahrsam bringen. Für die Männer begann eine schwere undentbehrungsreiche Zeit. Ich kann dies beurteilen, denn ich war von Anfang an mit ihnen zusammen und kenne ihre Geschichte sehr gut.

Nun muss ich gestehen, dass ich am Anfang schreckliche Angst vor ihnen hatte. Jeden Tag schlugen sie gegen die Tür und die Wände und tobten so laut, dass ich mir die Ohren zuhalten musste. Nur nachts, wenn sie schliefen, traute ich mich heraus.

Doch mit der Zeit wurden sie ruhiger, und ich verlor die Scheu. Besonders den jüngsten Patrizier – Siegfried war sein Name – mochte ich sehr. Er erzählte mir allerlei Geschichten und brachte mir lustige Kunststücke bei. Die Tage vergingen, und ich genoss es, mit ihnen zusammen zu sein. Endlich Menschen, die mich mochten, und nicht gleich in Geschrei ausbrachen, wenn sie mich sahen.

Doch eines Tages geschah etwas Schreckliches! An jenem Morgen saß ich zu Siegfrieds Füßen und knabberte an einem Brosamen. Er erzählte mir gerade eine von den Geschichten, die ich so sehr liebte, als an der Tür Schlüssel klapperten. Sofort verschwand ich in meinem Versteck, denn ich hatte schreckliche Angst vor den Wärtern. Sie hatten meinen Vater und meine Mutter auf dem Gewissen, und ich wollte nicht auch so enden.

Von meinem Mauseloch aus beobachtete ich, wie sie das Verließ betraten und ohne Vorwarnung auf die Männer einschlugen. Die gellenden Schreie und das gequälte Stöhnen der Kölner wurden nur von dem bösen Lachen der Schergen unterbrochen. Ich hielt mir die Ohren und wandte mich ab, denn ich konnte diese Quälerei nicht mit ansehen.

Ich weiß nicht mehr, wie viel Zeit verging, doch irgendwann wurde es still, und ich wagte mich hinaus. Vorsichtig kroch ich aus meinem Versteck und erschrak. Die Gefangenen lagen blutend auf dem kalten Steinboden und weinten. Ich lief zu Siegfried und stupste ihn an. Doch er bewegte sich nicht. Weinend hockte ich mich neben ihn. Warum hatten sie das nur getan?

„Ich wusste gar nicht, dass Mäuse weinen können“, hörte ich die Stimme von Gregor, dem Tuchmacher, der direkt neben Siegfried lag. „Seht nur, die kleine Maus trauert um uns.“

Ich sah zu ihm hinüber und schüttelte den Kopf. Natürlich trauerte ich um sie. Schließlich waren sie meine Freunde!

„Ich habe euch doch gesagt, sie ist etwas ganz Besonderes“, flüsterte Siegfried neben mir.

Mein Herz machte einen Sprung, als ich den Klang seiner Stimme vernahm. Er lebte! Sofort hüpfte ich auf seine Brust und strich mit meiner Nase an seinem blutenden Hals entlang.

„Sachte, mein Freund“, wisperte Siegfried. „Sie haben mich so zugerichtet, dass mich selbst dein Gewicht schmerzt.“

Ich sprang erschrocken von Siegfried hinunter und beobachtete, wie er mühsam versuchte, sich aufzusetzen.

„Ich glaube, beim nächsten Mal bringen sie uns um", stöhnte Gregor.

„Das denke ich auch", antwortete Siegfried und wischte sich über sein blutverschmiertes Gesicht. „Was ist mit den anderen?"

Gregor hob den Kopf und sah in die Runde. „Mir scheint, dass sie alle noch leben."

Siegfried ließ sich wieder zu Boden sinken und drehte mir den Kopf zu. „Ach, mein kleiner Freund. Womit haben wir das nur verdient ...", flüsterte er und schloss seine Augen wieder.

Ich lief langsam zurück zu meinem Mauseloch und spürte, wie mir Tränen in die Augen stiegen. Gregors letzte Worte brannten wie Feuer in meiner Seele. „Beim nächsten Mal bringen sie uns um." Das durfte nicht geschehen! Was konnte ich nur tun?

Den ganzen Tag und die darauffolgende Nacht dachte ich fieberhaft nach. Dabei lief ich rastlos in meinem Mauseloch hin und her. Jede Möglichkeit schöpfte ich aus, doch keine war so gut, dass ich den Armen eine Hilfe gewesen wäre.

Auch am nächsten Morgen war mir immer noch keine Lösung eingefallen. Der Umstand, dass ich hilflos mit ansehen musste, wie diese Teufel meine Freunde zu Tode quälten, machte mich traurig und wütend zugleich.

Irgendwann erschien Siegfrieds Gesicht vor meinem Mauseloch. „Hallo, kleiner Freund", rief er, „willst du uns nicht Gesellschaft leisten?"

Unter anderen Umständen wäre ich sofort zu ihm gelaufen. Doch heute war mein Herz so schwer, dass ich mich in der hintersten Ecke versteckte. Ich wollte einfach nur allein sein.

Damit war Siegfried aber nicht einverstanden, denn er streckte vorsichtig seine Hand in mein Mauseloch und tastete es ab. „Nun komm schon", lockte er, „du bist unser einziger Sonnenschein hier in diesem kalten Loch. Zeig uns deine Kunststücke."

Ich überlegte, was nun geschehen sollte. Einerseits wollte ich allein sein und in Ruhe nachdenken. Doch auf der anderen Seite liebte ich die Gesellschaft der elf Gefangenen. Ich beobachtete Siegfrieds Hand, die zunächst immer näher kam, dann aber plötzlich innehielt. Siegfried hatte eins von diesen langen, harten Dingern berührt, die nutzlos in meinem Mauseloch herumlagen.

„Was ist das?", hörte ich ihn fragen und beobachtete stumm, wie er die Gegenstände aus meinem Bau herauszog. Was sollte ich schon dazu sagen? Zum einen verstand er meine Sprache ja doch nicht, zum anderen waren die Stangen sowieso zu nichts zu gebrauchen.

Plötzlich brach draußen ein Tumult los. Was war nur in die Kölner gefahren? Neugierig lief ich zum Ausgang und wurde sofort von Siegfried emporgehoben.

„Oh, mein lieber Freund. Wie sollen wir dir nur danken? Du bist unsere Rettung!"

Ich verstand nicht, was er von mir wollte. Wofür wollten sie mir danken? Ich hatte doch gar nichts getan.

„Seht nur her", strahlte Siegfried, und alle anderen scharten sich um uns. „Unser kleiner Freund hat eine Pfeile und einen Meißel in seinem Mauseloch versteckt. Sie sind zwar schon etwas rostig, doch noch gut zu gebrauchen!"

Die anderen Männer klatschten in die Hände, und jeder wollte mich streicheln. So viel Aufmerksamkeit war mir unheimlich und ich beschloss, mich lieber in meiner Behausung zu verstecken.

Doch bald trieb mich die Neugierde wieder hinaus, und ich gewahrte voller Verwunderung, wie die Gefangenen einer nach dem anderen ihre Ketten abfeilten und ihre Bande sprengten. Ihr Trübsal und ihre Angst schienen wie weggeblasen, und ehe der Abend dämmerte, hatten sie auch die Gitterfenster durchbrochen. Da einer von den Gefangenen wachsam an der Tür stand und die anderen immer warnte, wenn die Wärter vorbeikamen, wurden sie bei ihrer Arbeit nicht gestört.

Tief in der Nacht kam Siegfried an mein Mauseloch und rief nach mir. „Hallo, mein kleiner Freund. Nun ist es soweit. Wir haben aus unseren Gewändern ein Seil geflochten und entfliehen nun in die Freiheit. Möchtest du uns nicht begleiten?"

Ich dachte kurz über seine Worte nach, denn Siegfried war mir ans Herz gewachsen. Doch die große, weite Welt dort draußen machte mir Angst, und so sehr ich Siegfried auch mochte, wollte ich dennoch meine Heimstatt nicht verlassen.

Der junge Patrizier streckte ungeduldig seine Hand nach mir aus, doch ich schüttelte nur den Kopf.

„Siegfried, nun kommt", rief einer der Männer im Hintergrund, „es ist Zeit!"

Siegfried seufzte und zog seine Hand zurück. „Du willst uns nicht begleiten, nicht wahr?", fragte er traurig, und ich zog mich zur Bestätigung seiner Worte noch weiter in die Dunkelheit zurück.

„Nun gut", hörte ich ihn sagen, „dann lebe wohl, mein kleiner Freund, und nochmals tausend Dank. Das werden wir dir niemals vergessen. Doch bevor ich gehe, möchte ich dir etwas zurückgeben." Mit diesen Worten schob er die Pfeile und den Meißel wieder in mein Mauseloch. „Leb wohl", flüsterte er zärtlich und wandte sich zum Fenster. Ich trat an den Eingang meines Mauselochs und sah zu, wie er sich noch einmal umdrehte, mir zuwinkte und dann in der Dunkelheit verschwand. Ich war sehr traurig, denn ich verlor in dieser Nacht meine besten Freunde unter den Menschen.

Doch die Aufregung, die am nächsten Morgen losbrach, entschädigte mich über Gebühr für meine Trauer. Die Wärter tobten vor Wut, und feine Herren, die ich hier unten noch nie gesehen hatte, betraten den Kerker. Stunden über Stunden standen sie dort herum und fragten sich, wie dies hatte geschehen können.

Die wildesten Überlegungen wurden angestellt, doch keine kam der Wahrheit nahe.

Ich, die kleine Hausmaus, hätte ihnen die Lösung des Rätsels verraten können, doch keiner der feinen Herren schenkte mir Beachtung. So bleibt die Flucht von der Burg Are auf ewig ein Geheimnis, das nur die elf Kölner Patrizier und die Mäuse auf Burg Are kennen.

Der Rittersprung

Hoch oben auf der stolzen Burg Are lebte einst das Burgfräulein Hildegunde. Sie war dem jungen Günther von Saffenburg in Liebe zugetan, und als er ihr eines Tages einen Antrag machte, nahm sie ihn mit Freuden an. Leider war ihr Vater, der Graf von Are, mit ihrer Wahl nicht einverstanden, denn er hasste das Geschlecht der Saffenburger, mit denen er noch eine alte Rechnung offen hatte. So kam es, dass er den ritterlichen Freier mit höhnischen Worten abwies und ihm untersagte, die Burg Are jemals wieder zu betreten.

Hildegunde lief aufgeregt durch ihr Gemach. „Kathrin“, rief sie ungeduldig nach ihrer Kammerzofe, „wo ist mein Umhang? Ich muss mich sputen. Himmel, wo habe ich ihn nur hingelegt?“ Sie öffnete ihre Truhe und warf alles, was ihr in die Hände kam, zu Boden. „Er muss doch irgendwo sein“, murmelte sie vor sich hin. Da wurde die Türe zu ihrem Gemach geöffnet. „Kathrin, endlich“, atmete sie erleichtert auf, „Ich benötige deine Hilfe. Ich ...“

„Herrin", unterbrach Kathrin sie aufgebracht, „Euer Vater ... er weiß alles. Er ..."

Hildegunde wandte sich um und musste mit ansehen, wie ihre Zofe in das Gemach gestoßen wurde.

„So ist es", schimpfte Georg, der Schreiber ihres Vaters, von der Türe aus, „und das hat nun ein Ende. Der Herr Graf wird dem unwürdigen Schauspiel einen Riegel vorschieben. Ihr jedoch bleibt unterdessen hier in sicherer Verwahrung."

Noch bevor Hildegunde etwas unternehmen konnte, wurde ihre Tür zugeschlagen und mit dem Schlüssel von außen verriegelt.

„Nein!", schrie Hildegunde entsetzt auf und lief zur Tür. „Lasst mich sofort hier heraus!" Wütend hämmerte sie gegen die Tür, doch als Antwort bekam sie nur ein höhnisches Lachen. Dann war es still.

Erschöpft sank Hildegunde zu Boden. Ihr wurde schwindelig. „Nur nicht den Kopf verlieren", versuchte sie sich zu beruhigen und presste ihre Handflächen gegeneinander. „Was führt mein Vater wohl im Schilde?"

Kathrin saß mit hängenden Schultern auf dem Bett und schüttelte jetzt den Kopf. „Ich weiß es nicht. Auf dem Weg zu Euch vernahm ich, wie Euer Vater seine Mannen zusammenrief. Ich bin auf dem schnellsten Weg zu Euch geeilt, um Euch zu warnen."

Hildegunde strich sich fahrig mit den Fingern durch ihr langes Haar. Wenn ihr Vater sich noch im Burghof befand, konnte sie ihm vielleicht noch gut zureden. Sie sprang auf und lief zum Fenster. In diesem Moment verließ ihr Vater das Herrenhaus und trat auf den Burghof hinaus.

„Vater!", rief sie laut, „lasst mich sofort hier heraus." Als der Graf seinen Kopf hob und zu ihrem Fenster hinaufsah, vermochte Hildegunde auf die Entfernung seine Miene leider nicht erkennen.

„Vater!", rief sie nochmals, „wenn Günther etwas zustößt, werde ich es Euch niemals verzeihen."

Hildegunde überlegte fieberhaft, wie sie ihren Vater von seinen Plänen abbringen konnte. Doch da wurde sie gewahr, dass der Graf sich bereits wieder umgedreht hatte und mit seinen Mannen zum Haupttor eilte.

Da wurde das Burgfräulein von großer Furcht ergriffen. „Kathrin, was soll ich nur anstellen?", fragte sie ihre Zofe. „Günther ahnt nicht, dass wir verraten wurden. Er wird ihnen unbewaffnet gegenübertreten. Ich ..."

„Herrin, bitte", unterbrach Kathrin sie, „wir werden einen Weg finden."

„Und wie? Wir sind eingeschlossen!"

Kathrin erhob sich und schloss Hildegunde in ihre Arme. Eng umschlungen standen sie am Fenster und blickten hinaus in die Dunkelheit. Irgendwo dort draußen wurde vielleicht schon in diesem Moment der Ritter Günther bedroht oder Schlimmeres, und sie waren hier zum Nichtstun verdammt. Da vernahmen sie, wie der Schlüssel, der von außen in ihrer Türe steckte, herumgedreht wurde. Gebannt starrten sie auf die Tür, die sich nun langsam öffnete.

„Schnell", erklang eine Stimme aus dem Flur, „sie sind alle hinunter zum Pfad. Der Ritter Günther ist in Gefahr."

Erst nach ein paar Sekunden begriff Hildegunde, dass es ihr Küchenmeister Ferdinand war, der ihr zur Flucht verhelfen wollte. „Oh, Ferdinand", stieß sie überglücklich hervor, „das werde ich dir nie vergessen."

Die Kammerzofe Kathrin war mittlerweile neben Ferdinand getreten, der ihr treuer Gemahl war, und gab ihm einen Kuss auf die Wange. „Danke, Ferdinand", sprach sie lächelnd zu ihm und wandte sich dann wieder ihrer Herrin zu. „Kommt, Herrin, vielleicht können wir das Schlimmste noch verhindern. Wir nehmen die Abkürzung, die am Abhang entlangführt. Vielleicht sind wir dann sogar vor Eurem Vater am Treffpunkt."

Hildegunde folgte ihrer Zofe, die dicht an die Wand gepresst durch die dunklen Räume eilte. Bisher hatte Hildegunde die dunklen Gemächer immer gehasst, doch heute war sie froh, dass sie kaum beleuchtet waren.

Endlich erreichten sie die Küche, von der aus sie unbemerkt hinausgelangen konnten. Schweigend stiegen sie den schmalen Pfad hinunter, der ins Dorf hinabführte. Hildegunde hoffte inständig, dass sie ihren geheimen Treffpunkt vor dem Grafen erreichten, damit Günther nichts zustoßen würde. Allein der bloße Gedanke daran erfüllte sie mit Grauen.

„Niemals werde ich mich Euch ergeben!" Hildegunde blieb wie angewurzelt stehen. Etwa fünfzig Schritte entfernt stand Günther, umringt von den Mannen ihres Vaters. „Ich habe mir nichts zuschulden kommen lassen, außer dass mein Herz Eurer Tochter gehört."

„Ich habe Euch verboten, meine Burg zu betreten", antwortete der Graf, dessen Stimme vor Wut zu zittern begann, „doch Ihr setzt Euch mir nichts dir nichts über mein Verbot hinweg." Hildegunde sah, wie ihr Vater sein Schwert zog und auf Günther zustürmte. „Ich werde Euch in mein tiefstes Verließ sperren lassen. Dort habt Ihr dann genügend Muße, um darüber nachzudenken, ob es wohl richtig ist, sich mir zu widersetzen."

„Bevor ich in Eure schimpfliche Gefangenschaft gerate, wähle ich lieber den Tod", erwiderte Günther und trat an den gähnenden Abgrund, der sich an einer Seite des Weges auftat.

„Ihr könnt nicht von mir verlangen, dass ich Euch das glaube", knurrte der Graf und trat noch näher an den jungen Saffenburger heran. Seine Schwertspitze zeigte genau auf Günthers Herz.

„Das werde ich Euch beweisen", erwiderte der junge Edelmann und drehte sich behände um.

Schlagartig löste sich Hildegundes Starre. „Nein!", schrie sie gellend und lief los. Doch ihr Geliebter war bereits in der Dunkelheit verschwunden.

„Günther", rief sie immer wieder wie von Sinnen, und am Ende wollte sie sich gar selbst in den Abgrund stürzen. Allein die kräftigen Arme der Mannen von Burg Are hinderten sie daran.

„Hildegunde", vernahm sie wie durch dichten Nebel die Stimme ihres Vaters. „Halte ein, mein Kind."

„Lasst mich los", weinte sie und versuchte sich aus seinen Armen zu befreien. „Ihr habt ihn gemeuchelt. Oh, wie ich Euch dafür hasse. Ich will Euch nie mehr wiedersehen und wünschte, Ihr läget statt seiner zerschmettert auf dem Felsengrunde."

„Hildegunde, bitte. Das war nicht mein Begehr."

Das Burgfräulein sah seinem Vater hasserfüllt in die Augen. „Ihr seid der schrecklichste Mensch, der auf Gottes Erden wandelt, und ich hoffe, Ihr werdet dafür in der Hölle bestraft. Ich wünschte ... " Mit aller Kraft wehrte sie sich, woraufhin ihr Vater den Druck seiner Arme noch verstärkte.

„Hildegunde, bitte", versuchte er es abermals.

Seine Worte konnten seine Tochter jedoch nicht mehr erreichen, denn sie wurde nun ganz von einem gewaltigen Schmerz übermannt. Günther war tot! Niemals wieder würde sie seine Neckereien und sein Lachen vernehmen. Welchen Liebreiz konnte ihr das Leben jetzt noch bieten?

Das Gesicht ihres Vaters begann vor Hildegundes Augen zu verschwimmen. Jeder Atemzug wurde zur Qual und sie verspürte das Gefühl, den Boden unter den Füßen zu verlieren.

„Ich wünschte, ich wäre tot", flüsterte sie, bevor sie die Besinnung verlor.

Hildegunde schlug die Augen auf. Langsam kam sie wieder zu sich. Allmählich gewahrte sie über sich die Decke ihres Gemachs. Erst nach einigen Momenten erinnerte sie sich wieder an alles. Mit einem Ruck fuhr sie hoch, um gleich darauf entkräftet erneut in ihre Kissen zu sinken. Der ganze Raum schien sich um sie herum zu drehen.

„Endlich bist du aufgewacht." Hildegunde wandte den Kopf und blickte in das müde Gesicht ihrer Mutter. „Wir haben uns schrecklich um dich gesorgt. Du warst sehr lange ohnmächtig, und wir fürchteten schon, du würdest nie mehr aufwachen."

„Oh Mutter", schluchzte Hildegunde und vergrub ihr Gesicht in den Kissen, „ich möchte sterben."

„Aber Hildegunde", rief ihre Mutter erschrocken, „versündige dich nicht! So darfst du nicht reden!"

„Warum hat der Herr Vater so gehandelt?"

„Oh mein Schatz." Hildegunde stiegen bei dem zärtlichen Tonfall ihrer Mutter erneut die Tränen in die Augen. „Ich weiß, was geschehen ist, und ich ..."

Just in diesem Augenblick wurde die Türe aufgerissen, und der Graf stürmte in das Gemach. „Ich habe den Wundarzt nicht aufzufinden vermocht. Er ist ... Oh Hildegunde, dem Herrn sei Dank, du bist erwacht."

„Mörder!“, schleuderte Hildegunde ihrem Vater hasserfüllt entgegen.

„Hildegunde ...“

„Geht hinfort!“ Hildegundes Stimme drohte den Dienst zu versagen. „Ich wünsche Euch nie mehr wiederzusehen.“

Der Graf trat an Hildegundes Schlafstatt, und das Burgfräulein begann, wie ein waidwundes Wolfsjunges zu heulen.

„Mein Kind, ich ...“

„Nein!“

„Kommt, Raimund, wir lassen das Kind allein“, sprach die Gräfin und erhob sich. „Hildegunde hat schlimme Erlebnisse hinter sich und benötigt Ruhe.“

„Aber ich ...“

„Nein!“ Hildegunde bemerkte den festen Unterton in der Stimme ihrer Mutter, der keinen Widerspruch duldete. „Ihr kommt jetzt mit mir.“ Zu Hildegunde gewandt, sprach sie mit sanfter Stimme: „Schlafe ein, mein Schatz. Bald wird alles wieder gut.“

Hildegunde wartete, bis ihre Eltern das Gemach des Burgfräuleins verlassen hatten, und ließ dann todunglücklich ihren Tränen freien Lauf. Ihr Herz wollte vor Trauer beinahe zerspringen, und sie wusste nicht, wie sie ohne Günther weiterleben sollte.

Irgendwann bemerkte sie, wie die Tür zu ihrem Gemach leise geöffnet und dann wieder geschlossen wurde und jemand vorsichtig an ihrer Bettstatt Platz nahm. Sie hielt ihre Augen jedoch fest geschlossen, denn sie wollte niemanden sehen.

„Hildegunde“, flüsterte eine Stimme, und eine Hand strich zärtlich über ihr Haar. „Weinet nicht mehr. Alles wird gut.“

Spornstreichs wurde das Burgfräulein wieder vom Schwindel gepackt. Das konnte nicht sein! Nein, ihre Sinne mussten ihr einen grausamen Streich spielen. Ungläubig und der Ohnmacht nahe öffnete sie die Augen. „Günther“, hauchte sie um Fassung ringend.

Günther ergriff ihre Hand und bedeckte deren Innenflächen sachte mit zärtlichen Küssen. „Oh, Hildegunde. In den letzten Stunden habe ich mich so sehr um Euch gesorgt.“

„Günther“, unterbrach Hildegunde ihn, „ich habe mit eigenen Augen gesehen, wie Ihr in den Abgrund gestürzt seid.“

„Ja, ich bin fürwahr den Abhang hinuntergesprungen. Euer Vater war fest entschlossen, mich in das Verlies werfen zu lassen. Ich vermochte keinen anderen Weg zu erkennen, auf dem ich hätte entkommen können.“

„Aber wie konntet Ihr diesen Sturz überleben?“

„Ich bin auf einen großen Strauch gefallen. Abgesehen von einigen Schrammen habe ich den Sprung unbeschadet überstanden.“

Hildegunde wischte sich über ihr Antlitz. „Günther, wir müssen fliehen. Wenn Vater Euch hier sieht ...“

Günther drückte sie sachte zurück in die Kissen. „Ganz ruhig, mein Liebes. Euer Vater weiß, dass ich bei Euch weile."

„Was? Er weiß es? Aber warum kerkert er Euch nicht ein?"

Günther umfing zärtlich ihr Gesicht und lächelte sie an. „Das kann ich Euch nicht beantworten. Als ich dort unten auf dem Strauche lag, vernahm ich, wie Euer Vater wie im Wahn zu weinen begann. Zuerst dachte ich, er sei wütend, weil ich ihm entkommen war. Doch dann rief er voller Furcht Euren Namen und ich wusste, dass mit Euch etwas geschehen war. Ich versuchte, aus dem Strauch herauszukriechen, um Euch zu Hilfe zu eilen. Doch das war gar nicht so einfach. Erst durch die Arme der Mannen vermochte ich dies. Sie brachten mich hinauf in die Burg. Auf meine Fragen hin zuckten sie nur mit ihren Schultern und schwiegen. Die Ungewissheit trieb mich fast in die Raserei. Ich wurde in das Schreibzimmer Eures Vaters gebracht und musste dort warten. Das verwunderte mich sehr, denn ich erwartete, nun eingesperrt zu werden. Stattdessen aber brachte man mir Speis und Trank und verkündete, dass der Graf bald zu mir käme. Ich erwartete ungeduldig seine Rückkehr und überlegte schon, ob ich Euch in der Burg suchen sollte. Doch da erschien Eure Frau Mutter und führte mich zu Eurem Gemach. Sie schien so müde und traurig, dass ich es nicht wagte, nach Euch zu fragen."

Hildegunde schlang beide Arme um Günthers Hals und seufzte tief. „Der Gedanke, dass Ihr zerschmettert am Fuße des Berges liegt, hätte mich beinahe in den Wahnsinn getrieben."

Günther legte einen Finger auf ihre Lippen und sprach: „Denkt nun nicht mehr daran."

Hildegunde schmiegte sich zärtlich an Günther und schloss glücklich die Augen. Nun würde doch noch alles gut werden.

Im nächsten Monat wurde Hochzeit gehalten und ein großes Fest gefeiert. Hildegunde erfuhr nie, was ihren Vater dazu bewogen hatte, seinen Sinn zu ändern, und sie fragte ihn auch niemals danach. Doch an der Stelle, an der Günther seinen tollkühnen Sprung gewagt hatte, legte sie an jedem Jahrestag einen Strauß Blumen nieder und ließ dort eine Messe lesen.

Die Saffenburg

Hoch oben auf der Burg Are lebte einst die schöne Sophie. Sie war ein fröhlicher Mensch, liebte rauschende Feste und Geselligkeit. Daher fehlte es ihr auch nicht an Freiern, die um ihre Hand anhielten.

Doch Sophies Herz schlug nur für Ritter Otto. Dieser ahnte jedoch nichts von seinem Glück. Sophie wagte es nicht, ihm ihre Gefühle zu offenbaren. So kam es, dass er als Kreuzritter ins Heilige Land zog, weil er sich von Sophie verschmäht glaubte.

Diese Kunde brach Sophie fast das Herz. Sie kehrte ihrem bisherigen Leben den Rücken, ließ eine kleine Klause hoch oben auf einem schroffen Felsen über dem Ahrtal bauen und verließ die Burg. Fortan lebte sie dort in der Einsamkeit. Die Jahreszeiten kamen und gingen, und Sophie betete jeden Tag, dass Otto bald unversehrt heimkehrte.

Eines Morgens nun brachte ihr Katharina, ihre Zofe, die Nachricht, dass die Kreuzritter aus dem Heiligen Land zurückgekehrt wären und dass sich Otto nicht unter ihnen befand.

Schluchzend sank sie auf das strohbedeckte Bett in ihrer einfachen Kammer und ließ ihren Tränen freien Lauf. Seit Katharina ihr von der Rückkehr der Ritter erzählt hatte, war ihr schwer ums Herz und sie konnte an nichts anderes mehr denken. Warum war Otto nicht mit den anderen zurückgekehrt? Niemand wusste, was ihm für ein Schicksal zuteil geworden war, denn seit Tagen hatte ihn niemand mehr zu Gesicht bekommen. Was hatte das Leben noch für einen Sinn? Bisher hatte sie immer noch die Hoffnung genährt, dass Otto wohlauf und guter Dinge sei. Nun hingegen sah sie grausame Bilder vor sich: Otto, wie er tot und verlassen in dem fremden Land lag. Niemand, der ihn ehrenvoll bestattete oder an seinem Grab weinte. Der Kummer schnürte ihr die Kehle zu.

Im Geiste sah sie Ottos traurige Augen, die ihr fast anklagend entgegenblickten. In tiefem Schmerz schrie sie auf und lief aus dem Haus. Die Sonne war mittlerweile hinter den Bergen verschwunden, und nur noch ein leuchtend roter Streif erhellte die heranziehende Nacht.

„Warum, oh Gott“, klagte Sophie in die Stille, die sie umgab, „warum hasst du mich so sehr? Was habe ich Schlimmes verbrochen, dass du mich so sehr quälst?“ Sophie lauschte in die Nacht, doch alles blieb still. Schluchzend lief sie los, ohne ihr Ziel zu kennen. Wie sollte sie mit der Gewissheit weiterleben, dass sie Otto in den Tod hatte ziehen lassen?

Sophie meinte, das Herz müsse ihr zerspringen. Jeder Schritt, jeder Atemzug schmerzte sie. Je näher sie dem dunklen Abhang entgegenstolperte, um so fester stand ihr Entschluss. Hienieden konnte sie nicht mehr glücklich werden. Doch vielleicht ...

Sophie blieb am Rand des Abhanges stehen und holte tief Luft. Ob sie Otto im Jenseits wiedersehen würde? Ob er dort, wo es keine Schmerzen gab, auf sie wartete? Ob er ihr verzeihen würde? Sophie wischte sich die Tränen aus den Augen und machte einen Schritt vorwärts. Nun würde ihr Leid endlich ein Ende finden.

Plötzlich spürte sie starke Arme, die sich um ihren Leib schlungen und sie festhielten. „Das halte ich für einen sehr törichten Plan, mein schönes Fräulein", ertönte eine dunkle Stimme nah bei ihrem Ohr.

Sophie vermochte sich nicht zu rühren. Ihr Verstand arbeitete, ohne auch nur einen klaren Gedanken fassen zu können. Träumte sie? Oder war sie bereits tot?

„Sophie, warum setzt Ihr so leichtsinnig Euer Seelenheil aufs Spiel?"

Sophie wandte sich um und sah in das bärtige Antlitz eines Mannes, der sie mit unergründlichem Blick musterte. Seine Stimme kam ihr bekannt vor, doch seine Züge waren in der Dunkelheit kaum zu erkennen. Wer war er? Einer von Vaters Leuten, der auf sie achtgeben sollte? Stumm blickte sie dem Mann in die dunklen Augen, bis die Erkenntnis ihren Leib und ihre Seele erschütterte.

„Otto", stammelte sie, wie benommen, „das ist ... das ... aber wieso ..."

Sachte legte der Mann eine Hand auf ihren Mund und lächelte zärtlich. „Ich schlage vor, wir begeben uns an einen behaglicheren Ort. Hier lauert allerorten Gefahr und ich will um jeden Preis verhindern, dass Ihr diesen Hang hinunterstürzt." Mit diesen Worten zog er Sophie fort.

Die Jungfrau leistete keinen Widerstand und hielt seine Hand fest umklammert, wie um sich zu versichern, dass er sich nicht plötzlich wieder in Luft auflösen konnte.

Schweigend stolperte sie neben ihm her und versuchte, ihrer Gedanken Herr zu werden. War es wirklich Otto, der dort neben ihr herging, oder träumte sie einen wirren Traum? Hatte ihre Zofe Katharina nicht berichtet, dass die anderen ohne Otto zurückgekehrt waren? Wie kam er dann auf einmal hierher?

Sophie blieb stehen und musterte das stattliche Mannsbild an ihrer Seite. „Seid Ihr der, für den ich Euch halte oder ..."

Der Mann trat ganz dicht an sie heran, sodass sie seine Augen in der Dunkelheit sehen konnte. „Mein Engel", flüsterte er nahe in ihr Ohr. „Wenn ich etwas von Euren Gefühlen geahnt hätte, wäre ich niemals fortgegangen. Doch ich glaubte mich verschmäht und wollte nicht mit ansehen, wie Ihr einem anderen Manne Eure Gunst schenkt. Erst im Heiligen Land erhielt ich von Eurem Vater einen Brief, in dem er mir von Eurer Liebe schrieb. Ich machte mich sogleich auf den Weg, um Euch aus dieser Wildnis zu befreien. Sophie, warum wolltet Ihr von dem Felsen springen? Haben sich Eure Gefühle für mich verändert?"

Sophie schluchzte auf und schlang ihre Arme um ihn. „Oh, keinesfalls! Nein, ich dachte, Ihr wäret tot. Katharina brachte mir die Nachricht, dass Ihr nicht mit den anderen zurückgekehrt seid. Diese Kunde ließ mich verzweifeln und ich wollte Euch in den Tod folgen."

Otto zog sie ganz dicht zu sich heran, und Sophie schloss selig die Augen.

„Ich bin erst abgereist, nachdem ich Eures Vaters Brief empfangen hatte. Zu dieser Zeit waren die anderen Ritter schon auf dem Heimweg. Wenn ich daran denke, was geschehen wäre, wenn ich erst am nächsten Morgen eingetroffen wäre ... Ihr dürft mich niemals wieder so erschrecken!"

„Das sei auf immer versprochen", flüsterte Sophie und verbarg ihr Gesicht an seiner Brust. All der Kummer und all das Leid der letzten Jahre waren mit einem Male verschwunden.

„Darf ich Euch nach Hause begleiten? Euer Vater wartet schon sehnsüchtig auf Eure Rückkehr."

Otto umfasste zärtlich ihr Kinn. „Vom heutigen Tage an werde ich nie wieder von Eurer Seite weichen. Sophie, wollt Ihr mein vor Gott angetrautes Weib werden?"

„Ja, geliebter Otto. Oh, wie sehr habe ich auf diesen Tag gewartet!"

Glücklich betraten sie Sophies kleine Klause, und Otto wachte die ganze Nacht am Bette seiner Liebsten.

Am nächsten Morgen ritten sie gemeinsam zurück zur Burg Are. Dort wurden sie freudig empfangen, und kurz darauf wurde eine prächtige Hochzeit gefeiert. Otto ließ die alte Klause abreißen und an ihrer Stelle eine prächtige Burg errichten, die er Sophienburg nannte. Später ging sie als die Saffenburg in die Geschichte ein, und noch heute kann man die einstmalige Pracht und Schönheit der Burg erahnen, wenn man ihre Ruine hoch oben über Mayschoß besucht.

Die drei Schüsse

Einst thronte die Saffenburg stolz über dem Ort Mayschoß. Ihre Lage – sie beherrschte die Wege durch das Ahrtal – forderte häufig Feinde zum Angriff heraus. Doch gleichgültig, was die Angreifer auch anstellten, die Burgbewohner hielten jedem Ansturm stand, bis eines Tages dann schließlich doch das Unerwartete eintrat: Die Saffenburg fiel den Franzosen in die Hände. Der Kurfürst von Köln tobte vor Wut und forderte Rechenschaft vom Kommandanten der Saffenburg. Dieser berichtete, dass die Garnison tagelang der Belagerung durch die französische Armee standgehalten und die Burg verteidigt habe. Dennoch habe sie sich am Ende ergeben müssen, um die Bewohner zu retten. Der Kurfürst wollte sich mit dieser Erklärung nicht zufriedengeben und ordnete eine öffentliche Befragung an.

„Holt mir den Kommandanten", rief der Kurfürst den Soldaten an der Tür zu und setzte sich hinter einen großen Tisch, „wir wollen mit der Befragung beginnen."

Maria saß in der hinteren Reihe und reckte den Kopf, als der Kommandant Reinhard Schwarz den Raum betrat. Obwohl sie sein Gesicht nicht sehen konnte, erkannte sie an seinem festen Gang, dass er sich seiner Sache sehr sicher war.

„Mein Herr", ergriff Reinhard sofort das Wort, „Ihr mögt gerne die Soldaten befragen. Doch sie werden Euch bestätigen, dass ich nur an ihr Wohl gedacht habe."

Maria empfand tiefe Empörung, am liebsten hätte sie laut dazwischengerufen. Wie konnte ein Mensch nur so überheblich und hochmütig sein – und so dreist lügen?

„Dieses Urteil müsst Ihr schon mir überlassen", unterbrach der Kurfürst Reinhards Rede.

Reinhard deutete eine leichte Verbeugung an und ließ sich auf seinem Platz nieder. „Ich bitte um Vergebung, Herr Kurfürst. Ich wollte Euch lediglich Zeit ersparen. Immerhin weiß jedermann im Saal, dass ich immer nur das Beste für die Burg im Sinne hatte."

„Gewiss", erwiderte der Kurfürst würdevoll und wandte sich dem ersten Zeugen zu. „Joseph aus Ahrweiler, komme nach vorne an den Tisch."

Ein Jüngling, der zwei Reihen vor Maria saß, erhob sich und trat an den Tisch des Kurfürsten.

„Du dienst unter dem Herrn Kommandanten Schwarz?"

„Jawohl, mein Herr Fürst."

„Und du warst am Tag, an dem die Burg übergeben wurde, anwesend?"

„Ja, mein Herr, das war ich."

„Gut, dann berichte uns von den Ereignissen."

„Die Franzosen hatten die Saffenburg schon seit mehreren Tagen umstellt. Wir warteten täglich auf einen Angriff. Doch es blieb bei einer Blockade aller Straßen und Wege zur Burg; ansonsten geschah nichts."

„Sie haben euch nicht angegriffen?"

„Nein. Allerdings wurden unsere Vorräte langsam knapp, und wir fragten uns, wie lange wir uns noch würden halten können."

„Warum wurde nicht gekämpft?"

„Es befanden sich noch Frauen und Kinder auf der Burg. Sie durften nicht in Gefahr gebracht werden."

„Das", unterbrach der Kurfürst den Mann, „war noch nie ein Grund, eine Burg widerstandslos Feinden zu übergeben."

„Oh, es wurden Schüsse abgegeben, woraufhin wir uns ergaben."

„Ohne jede Forderung?"

„Nein, die Bedingung war, dass alle Bewohner die Burg unversehrt verlassen durften."

Maria konnte die Lobeshymnen auf den Kommandanten nicht mehr mitanhören. „Ich möchte eine Aussage machen!", rief sie dazwischen und erhob sich.

Alle Blicke richteten sich auf sie, und Maria ging auf den Kurfürsten zu.

„Wer bist du?"

„Ich heiße Maria Weber und arbeitete als Wäscherin auf der Saffenburg."

Als Maria das Wort ergriff, zuckte Reinhard heftig zusammen und starrte sie entgeistert an. Maria empfand darüber tiefe Genugtuung.

„Warst du am Tage des Angriffes auf der Burg?"

Maria wandte sich dem Kurfürsten zu. „So ist es, Euer Gnaden. Ich war die ganze Zeit über auf der Burg. Wir konnten ja nicht hinunter in den Ort, weil die Franzosen die Ausgänge blockierten."

„Dann erzähl uns alles, was du weißt und was du gesehen hast."

„Ich wünsche nicht, dass diese Person zu Wort kommt", unterbrach Reinhard wütend den Kurfürsten, „sie wird nicht die Wahrheit sagen."

„Das zu beurteilen, müsst Ihr schon mir überlassen", fuhr der Kurfürst ihm über den Mund, „hier entscheide ich, wer befragt wird und wer nicht."

„Aber sie ist eine Hure und ..."

„Schweigt!" Der Kurfürst war von seinem Stuhl aufgesprungen und blickte Reinhard zornig in die Augen, „wie könnt Ihr es wagen, sie derart zu beleidigen? Sie ist eine rechtschaffene Person des Saffenburger Haushaltes."

Maria sah erzürnt zu Reinhard hinüber. Sie wusste, dass er alles tun würde, um seine Haut zu retten. Doch dass er sie so unflätig beschimpfte, traf sie wie ein Schlag.

„Weil sie einen Bastard erwartet und ihn mir unterjubeln will!"

Im Saal begannen einige Leute zu flüstern und mit dem Finger auf Maria zu zeigen.

„Ruhe im Saal!", rief der Kurfürst und wandte sich wieder Reinhard zu, der die Aufregung sichtlich genoss. „Hattet Ihr ein uneheliches Verhältnis mit dieser jungen Frau?"

Maria hielt unwillkürlich den Atem an. Würde er eine ehrliche Antwort geben?

Reinhard schüttelte den Kopf und setzte eine beleidigte Miene auf. „Natürlich nicht, Euer Gnaden! Ich würde mich niemals derart erniedrigen, mich mit solch einer Person einzulassen. Wer will schon ein Kind von einer Dirne?"

Maria war, als habe er ihr eine Ohrfeige verpasst. Wie konnte er es nur wagen, so über sie zu sprechen?

„Ist das wahr, Maria?"

Die Stimme des Kurfürsten drang von weither an Marias Ohr. Nur mit Mühe konnte sie ihre Wut zügeln und den Kurfürsten ansehen.

„Dass ich eine romantische Liebelei mit dem Herrn Kommandanten hatte, stimmt, Euer Gnaden", erwiderte sie mit leiser Stimme, „doch er weigerte sich, mich zu ehelichen und verstieß mich, als er hörte, dass ich ein Kind von ihm erwartete."

„Wer weiß schon, von wem das Kind ist!", schrie Reinhard ihr entgegen, „du hattest doch auf alle Kerle in der Burg ein Auge geworfen."

„Elender Lügner", brauste Maria auf, „Gott weiß, dass ich nur dir gehörte. Doch ich kann dich beruhigen. Ich habe das Kindlein verloren. An dem Morgen, als ich dich mit dem Franzosen belauschte, wollte ich es dir sagen."

„Du hast ein Gespräch belauscht?", unterbrach der Kurfürst ihren Streit, „was genau ist an diesem Morgen geschehen?"

Maria holte kurz Luft, um sich zu beruhigen. Dann wandte sie sich treuherzig dem Kurfürsten zu. „Ich wollte dem Herrn Kommandanten an dem Morgen erzählen, dass mein Kind tot zur Welt kam." Maria hielt kurz inne und sah zu Reinhard hinüber, der sie mit eiskaltem Blick bedachte. „Ihr müsst wissen, dass der Herr Kommandant es nicht litt, dass ich seine Schreibstube betrat. Daher ging ich zu seiner Kammer. An der Tür hörte ich eine fremde Stimme. Zuerst wollte ich wieder gehen, doch dann ..."

„Du hast an meiner Tür gelauscht?" Reinhard sprang von seinem Stuhl hoch. „Wie oft habe ich dir gesagt, dass dich meine Geschäfte nichts angehen. Dafür werde ich dich windelweich prügeln ..."

„Wachen! Nehmt diesen Kerl in Gewahrsam und sorgt dafür, dass er die Befragung nicht mehr stört."

Zwei Soldaten packten Reinhard grob an den Armen und drückten ihn auf seinen Stuhl.

Maria sah dies mit Genugtuung. „Nun, ich wollte wieder gehen", fuhr sie fort, „doch da hörte ich die Stimme eines Franzosen. Er war unserer Sprache nicht wirklich kundig. Vieles, was er sagte, konnte ich nicht verstehen. Nur, dass er dem Herrn Kommandanten das Leben und einen Batzen Gold versprach, wenn er die Burg kampflos übergeben würde."

„Sie lügt!", schrie Reinhard aufgebracht, „sie will sich nur an mir rächen! Wir wurden an dem Morgen angegriffen! Die Schüsse waren deutlich zu hören." Einer der Soldaten schlug Reinhard ins Gesicht und brachte ihn dadurch zum Schweigen.

„Der Herr Kommandant hat recht", antwortete Maria, „es wurden genau drei Schüsse abgegeben. Wie er und dieser Franzose es vereinbart hatten."

Sie blickte zu Reinhard hinüber, der zusammengesunken auf seinem Stuhl hockte und den Blick zu Boden gesenkt hielt.

„Euer Gnaden", hob Maria ihre Stimme, „dieser Mann hat nicht nur mich, sondern alle Bewohner der Saffenburg betrogen. Gott weiß, dass ich die Wahrheit sage."

„Ich kann kaum glauben, was ich da höre", sagte der Kurfürst und erhob sich, „wir werden noch andere Bewohner nach den drei Schüssen befragen, und wenn es tatsächlich so war, wird der Herr Kommandant Reinhard Schwarz sich dafür verantworten müssen."

„Ich habe die Burg doch nicht kampflos aufgegeben", heulte Reinhard auf, „wir wurden beschossen und ich ..."

„Das reicht", fuhr der Kurfürst dazwischen, „wenn sich Marias Aussage als wahr herausstellt, werdet Ihr für diesen Verrat bezahlen."

„Aber ich bin unschuldig!", kreischte Reinhard, „es fielen drei Schüsse!"

Der Kurfürst erhob sich und sah den Kommandanten kalt an. „Ihr habt meine Burg dem Feind nach drei Schüssen überlassen, nur um Euer klägliches Leben zu retten. Wenn die anderen Bewohner das bestätigen, werdet Ihr genau durch diese drei Schüsse sterben!“ Der Kurfürst schwieg einen Augenblick, bevor er Maria wieder seine Aufmerksamkeit zuwandte.

„Ich danke dir für deine Ehrlichkeit. Setz dich wieder!“

Maria ging zurück zu ihrem Stuhl. Dabei sah sie zu Reinhard hinüber, der jedoch jeden Blick zu ihr vermied. Der Kurfürst befragte noch andere Bewohner und alle bestätigten, dass nur drei Schüsse gefallen waren und kein Soldat gekämpft hatte.

Daraufhin wurde der Kommandant noch am selben Tag verurteilt und, wie der Kurfürst es angeordnet hatte, mit drei Schüssen hingerichtet.

Die drei Schüsse

Franzosen richten ihr Geschütz:
„Du musst dich bald ergeben,
Und kommt s zum Sturm, Herr Kommandant,
Es kostet dich das Leben.“
„So tut mir erst der Schüsse drei:
Nie sah man das sein Leben,
Dass eine Burg, so fest und stark
Sich ohne Schuss ergeben.“
Wie das der Kurfürst hört von Köln,
Er wollt' ihm an das Leben;
„Seid gnädig, Herr, er hat sich doch
Nicht ohne Schuss ergeben.“
„Wohlan, so tut der Schüsse drei
Nur auf sein armes Leben:
Nie ward Verrätern ohne Treu
Noch ohne Schuss vergeben.“

Der goldene Pflug

Vor langer Zeit lebten Zwerge und Erdgeister in friedlicher Eintracht zusammen in einem der Berge Neuenahrs. Niemals gab es Zank oder Streit, und täglich wurden Feste gefeiert. Selbst als die Menschen auf diesem Berg die Burg Neuenahr errichteten und Unruhe und Lärm Einzug hielten im Wald, führten die Bergbewohner weiterhin ein fröhliches Leben in Frieden und Freundschaft.

Es geschah jedoch, dass eines Tages ein goldener Pflug aus dem Besitz der Erdgeister verschwand, und der Verdacht, ihn gestohlen zu haben, fiel auf die Zwerge. Diese beteuerten ihre Unschuld, doch die Erdgeister glaubten ihnen nicht und tobten in ihrer Wut, dass der Berg erzitterte. Daraufhin zogen sich die Zwerge tief enttäuscht in die Wälder zurück und mieden fortan den Berg. Die Jahre gingen ins Land, und aus den einstigen Freunden waren Fremde geworden, die gemeinsame Feste nur noch aus den Erzählungen der Alten kannten – bis zu dem Tage, an dem ein kleiner Zwerg eine große Entdeckung machte ...

Caspar hüpfte von einem Bein auf das andere und sann darüber nach, was er mit seinem kostbaren Fund anstellen sollte. Sollte er den anderen Zwergen davon erzählen? Oder lieber auf eigene Faust und ganz allein zu den Erdgeistern gehen?

„Nein“, sprach er laut zu sich selbst, „das tue ich lieber nicht. Was ist, wenn die Erdgeister mir nicht wohlgesonnen sind und mich in eines ihrer dunklen Verliese sperren?“ Caspar pflückte gedankenverloren ein Blatt vom Baum und drehte es in der Sonne hin und her. Er musste klug handeln und einen Plan schmieden.

„Ach“, hörte er plötzlich eine Stimme, „wie gerne würde ich das Leben eines Fürsten führen, anstatt hier Tag ein, Tag aus zu schuften wie ein Ackergaul.“

Caspar näherte sich langsam dem Waldweg. Dort sah er einen Mann, der mit hängendem Kopf und trauriger Miene auf seinem Fuhrwerk saß. „Warum kann ich keinen Schatz finden? Dann hätten all meine Sorgen ein Ende.“

Caspar zupfte an seinem zerzausten, langen Bart. Den Bauern kannte er doch. Er lebte nicht weit von der Burg entfernt auf einem kleinen Hof. Nachdenklich verfolgte er das Fuhrwerk mit seinen Blicken, als ihm plötzlich eine Idee kam. „Ich hab‘s“, lachte er, „so kann ich den Erdgeistern meinen Fund zeigen und habe auch noch einen Heidenspaß dabei!“ Frohen Mutes machte Caspar sich auf den Weg nach Hause.

Kurz vor Mitternacht schlich sich der Zwerg zum Hof des Bauern. Lautlos wie eine Katze kletterte er durchs Fenster und begab sich auf die Suche nach dem guten Mann. Er fand ihn schlafend in seinem Bette und berührte ihn sachte an der Schulter. Dabei flüsterte er ihm ins Ohr: „Wach auf, Bauer! Ich habe eine gute Nachricht für dich.“

Der Bauer öffnete mühsam die Augen. Caspar legte sofort einen Finger an seine Lippen und bedeutete ihm zu schweigen: „Pscht, sei still. Sonst erwacht noch dein Weib. Komm mit mir hinaus, dann sollst du von deinem Glück erfahren.“

Mit diesen Worten lief Caspar aus dem Schlafgemach hinaus und verließ das Haus. Ungeduldig wartete er vor der Tür darauf, dass der Bauer ihm folgte.

„Was willst du, Zwerg?“, flüsterte dieser, nachdem er sich hastig seine Kleider übergestreift hatte.

„Ich will dir einen Wunsch erfüllen.“

„Einen Wunsch willst du mir erfüllen? Und was muss ich dafür tun?“

Caspar sah den Bauern treuherzig an. „Nichts musst du tun, Bauer. Ich trachte nur danach, dir Freude zu bereiten.“ Mit diesen Worten drehte er ihm den Rücken zu und sprang vergnügt in Richtung des Waldes. Dabei wandte er sich immer wieder zu dem Bauern um. „Nun eile, folge mir“, rief er ungeduldig, „sonst kommen wir zu spät.“

„Ich laufe ja, so schnell meine Beine mich tragen“, keuchte der Bauer. „Wie weit ist denn der Weg, der vor uns liegt? “

„Das Ziel ist schon ganz nah! Ich will hinauf zur Burg und dir dorten etwas zeigen, das dein Herz erfreuen wird.“

Endlich hatten sie ihr Ziel erreicht, das sich dunkel vor dem von Mond und Sternen erhellten Nachthimmel abzeichnete. Caspar blieb stehen und blickte sich um.

„Was willst du mir nun zeigen?"

Der Zwerg atmete tief und hub an zu sprechen: „Kennst du die Geschichte vom goldenen Pflug?"

„Nein."

„Nun, in dem Berg hier leben die Erdgeister, die unermessliche Reichtümer besitzen. Darunter befand sich einst ein goldener Pflug. Doch eines Tages war er verschwunden und niemand wusste, wo er zu finden war."

„Das ist eine gar schöne Mär. Aber was hat das mit mir und dir zu tun?"

„Ich weiß, wo der Pflug ist."

„Wie kannst du das so frech behaupten? Hast du ihn etwa mit eigenen Augen gesehen?"

Caspar lachte munter auf und rief dem Bauern keck zu: „Willst du nun Geschichten hören oder lieber den goldenen Pflug bergen?"

„Nun gut", brummte der Bauer, „gern würde ich den Pflug finden. Der sollte mir wohl das Leben behaglicher machen."

„So pass gut auf! Dort unter dem Haselstrauch liegt ein Stein. Darunter ist der Burgbrunnen, wo der goldene Pflug versteckt ist. Geh in der nächsten Vollmondnacht zu dem Stein, heb ihn auf und lass eine Angel hinab. Dann wirst du den Schatz bergen und ein reicher Mann sein. Doch bedenke, dass dabei kein Laut über deine Lippen kommen darf. Sonst bemerken dich die Erdgeister und dann wirst du deines Lebens nicht mehr froh."

Der Bauer betrachtete neugierig den Haselnussstrauch. „Und ich kann den goldenen Pflug nur bei Vollmond suchen?"

„Ja, denn dann feiern die Erdgeister ein Fest und merken nichts von deinen Taten."

Der Bauer streckte Caspar die Hand hin. „Danke, kleiner Freund, das werde ich dir nie vergessen."

„Stets zu Diensten", verabschiedete sich der kleine Kerl. „Und vergiss nicht, dass du keinen Ton sagen darfst, gleichgültig, was geschieht!"

In den nächsten Tagen beobachtete Caspar den Bauern aus sicherer Entfernung. Dieser besuchte noch zweimal die Stelle, die Caspar ihm gezeigt hatte, und traf alle Vorbereitungen, um den goldenen Pflug ans Tageslicht zu holen.

In der nächsten Vollmondnacht wartete Caspar, in der Nähe des Haselnussstrauchs versteckt, ungeduldig auf den Bauern. Endlich sah er den braven Mann den Weg heraufkommen. Der Mond stand voll und rund am Himmel und spendete so viel Licht, dass Caspar sehen konnte, wie der Bauer den Haselnussstrauch abhieb und den Deckstein des Brunnens zur Seite schob. Sofort erstrahlte aus der Tiefe ein heller Schein, und

Caspar hoffte, dass die Erdgeister ihn ebenfalls sahen. Ungeduldig blickte er um sich, doch alles blieb ruhig. Der Bauer ließ währenddessen vorsichtig die Angel hinab in die Tiefe und zog langsam und bedächtig etwas nach oben.

Plötzlich huschte ein fremdes Wesen blitzgeschwind an Caspar vorbei. Erschrocken plumpste er hinter den Strauch, um gleich wieder auf die Füße zu springen. So schnell er konnte, eilte er zu dem Brunnenschacht. Doch der Bauer hatte seine Angel bereits mit einem lauten Schrei losgelassen und rannte um sein Leben.

Caspar sah ihm kopfschüttelnd nach.

Da entdeckte er einen Erdgeist, der neben dem Brunnenschacht stand. Er trug eine goldene Ritterrüstung, und nur seine leuchtenden Augen waren durch das Visier des Helms zu erkennen. „Zwerg, was hast du hier zu suchen?“, knurrte er böse und schwenkte sein Schwert hin und her.

Caspar stemmte seine kleinen Hände in die Hüfte und sah den Erdgeist furchtlos an. „Ich kann meine Zeit verbringen, wo ich will. Oder willst du das mir etwa verbieten?“

Der Erdgeist wandte den Kopf und sah den Weg hinunter, wo der Bauer verschwunden war. „Woher wusste dieses Menschenkind, dass der goldene Pflug im Brunnen liegt? Wir haben ihn schon so lange gesucht und nie gefunden. Hast du es ihm etwa gesagt?“

„Ich?“ Caspar legte seine rechte Hand auf sein Herz und sah den Erdgeist mit großen Augen an. „Woher sollte ich denn wissen, wo der Pflug versteckt war? Nein, ich gewahrte nur einen hellen Schein und wollte nachsehen, was da leuchtete.“

Der Erdgeist musterte ihn schweigend, und Caspar wurde unbehaglich zumute. Vielleicht war es doch nicht klug gewesen, diese kämpferische, geharnischte Kreatur zu belügen? Unruhig trat er von einem Fuß auf den anderen. Lange würde er diesem Blick nicht mehr standhalten können.

„Dann müssen es die Menschen gewesen sein, die uns einst den goldenen Pflug gestohlen haben.“

Caspar atmete erleichtert auf. „Ja, edler Freund, so wird es sich wohl zugetragen haben.“

Der Erdgeist stieß einen langen Pfiff aus, und ein feuriges Ross kam angetrabt. „Wenn du magst, so begleite mich doch auf unser Vollmondfest, lieber Zwerg?“, sagte der Erdgeist und steckte sein Schwert zurück in seine Scheide.

„Mit dem größten Vergnügen folge ich dir“, rief Caspar voller Freude.

„So komm! Ich nehme dich gleich auf meinem Ross mit.“ Mit diesen Worten zog der Erdgeist den Zwerg hinter sich auf das Pferd und preschte los.

Caspar klammerte sich während des tollen Rittes an dem Erdgeist fest und lachte lustig in seinen Bart. Das hatte ja vortrefflich geklappt.

Von diesem Tage an waren die Erdgeister und die Zwerge wieder Freunde, und die Zwerge zogen in den Berg zurück. Auch den goldenen Pflug nahmen sie ins Innere des Berges mit, und kein Mensch hat ihn seither jemals wieder zu Gesicht bekommen.

Die Luftbrücke

Einst stand hoch oben auf dem Berg Landskrone die stolze Burg Landskron. Dort lebte die junge Gräfin Christine von Landskron. Ihre Schönheit war im ganzen Land bekannt, und als die Zeit kam, dass ihr Vater sie vermählen wollte, mangelte es ihr nicht an Verehrern. Viele edle Herren warben um ihre Gunst, doch Christines Herz gehörte dem jungen Ritter Heinrich von Neuenahr, der dies allerdings nicht wusste.

Als nun der Tag nahte, an dem ihr Vater seine Entscheidung treffen wollte, stand Christine hoch oben auf dem Burgturm und blickte sehnsüchtig zur Burg Neuenahr auf der anderen Seite des Flusses hinüber. Sie lag weit im Westen, und sie konnte nur die mächtigen Burgtürme in der Ferne erkennen. Ein eisiger Wind wehte, und ihre Zofe Maria versuchte vergebens, das Burgfräulein ins Innere der Burg zu locken.

„Herrin, kommt mit hinein. Es ist hier draußen viel zu kalt. Ihr werdet noch erkranken." Zaghaft zog Maria am Arm ihrer Herrin.

Christine wandte leicht den Kopf und blickte die Zofe mit einem tiefen Seufzer an. „Ach, Maria, Vater will morgen darüber befinden, wer mein Gemahl werden soll. So hat er es mir heute eröffnet. Ich will aber keinen dieser Freier, denn mein Herz gehört nur Heinrich." Christine hielt kurz inne und sah wieder hinüber zu den mächtigen Burgtürmen, die sich dunkel gegen den grauen Himmel erhoben. „Warum habe ich ihm nicht schon längst meine Liebe gestanden? Oh, Maria, ich dachte, ich hätte noch so viel Zeit. Was soll ich nur tun?"

Nun ließ auch Maria ihren Blick über das tiefe Tal der Ahr schweifen und betrachtete die ferne Burg. „Dies ist wirklich eine schwierige Angelegenheit, meine Herrin. Wenn der Ritter Heinrich von Eurer Liebe wüsste, würde er sofort zu Euch eilen. Da bin ich mir ganz sicher. Doch der Weg durch die Taltiefen ist sehr weit und Eure Liebe würde sofort allen offenbar werden." Maria dachte kurz nach, bevor sie weitererzählte. „Schade, dass es die Luftbrücke nicht mehr gibt."

Christine wandte erstaunt den Kopf. „Welche Luftbrücke meinst du? Erzähle mir davon."

Maria legte schützend die Hände über ihre Arme, denn der Wind zerrte immer stärker an ihrem Gewand. „Die Herren von Landskron und Neuenahr sind schon seit vielen Jahrzehnten freundschaftlich verbunden."

„Das weiß ich doch, Maria", unterbrach Christine sie ungehalten. „Sprich mir von der Luftbrücke! Ich habe noch nie etwas davon gehört."

Maria seufzte leicht auf und erzählte weiter. Geduld war nicht die größte Tugend ihrer Herrin. „Die Legende besagt, dass diese beiden Herren vormals so traut befreundet waren, dass sie gemeinsam eine Brücke bauten. Sie war mit höchster Kunst gefertigt und dennoch dauerhaft, und die Freunde konnten zu jeder Stunde beisammen sein. Der mehrstündige Ritt durch das Tal tat nun keine Not mehr. Leider verfiel die Brücke nach dem Tode der beiden Edelleute, und heute sind nur noch die starken Brückenpfeiler erhalten, die einst die Brücke stützten. Seht nur, dort vorne könnt Ihr noch die Reste erkennen." Maria hob den Arm und zeigte auf mächtige Pfeiler aus Stein, die in den Himmel ragten.

Christine betrachtete versunken die Brückenpfeiler. Ihr schien der eisige Wind nichts anhaben zu können, während Maria fröstelnd die Arme um ihren Leib schlang. „Herrin, bitte. Es ist fürchterlich kalt und es beginnt gleich sicher zu schneien. Lasst uns in die warme Stube gehen. Dort können wir gemeinsam über einen Ausweg nachsinnen."

Maria blickte zu ihrer Herrin hinüber, die immer noch die steinernen Ruinen anschaute. „Vielleicht könnt Ihr Euren Vater auch überreden, einen Boten zu senden", versuchte sie ihre Herrin aus ihren trüben Gedanken zu reißen. „Schließlich ist er dem Grafen von Neuenahr freundschaftlich zugetan."

Da hellte sich Christines Miene auf. „Nun weiß ich, was ich zu tun habe. Komm, Maria, ich brauche deine Hilfe."

Mit schnellen Schritten entschwand Christine in den Turm hinein. Maria konnte ihr nur mit Mühe folgen und erreichte sie erst in ihrem Gemach. Keuchend lehnte sie sich an den Türrahmen und betrachtete ihre Herrin, die fieberhaft in ihrer Truhe kramte, mit Argwohn.

„Maria, lauf und sag' Martin, er möge hinauf auf die Burgmauer steigen. Ach, und er soll seine Armbrust mitbringen. Ich folge ihm dann in einigen Augenblicken."

Maria stockte vor Schreck der Atem. „Aber Herrin, so schwer es Euch gerade auch dünkt, Ihr solltet keine Torheiten begehen. Wir finden sicher einen Weg, um Heinrich von Neuenahr zu benachrichtigen. Bitte, ich ..."

„Maria, schweig' still und geh', wie ich dir aufgetragen", unterbrach Christine sie ungehalten, „wir haben keine Zeit zu verlieren."

„Aber ..."

Christine hielt mit ihrer Suche inne und sah Maria streng an. „Willst du meinen Wünschen nicht nachkommen?"

„Doch sicher, aber ich möchte nicht, dass Euch etwas zustößt."

Christine lachte leise und schüttelte den Kopf. „Mir wird schon nichts geschehen. Doch nun lauf' und gib Martin Bescheid. Ich erkläre dir dann droben auf der Burgmauer, was mein Plan ist."

Widerwillig verließ Maria ihre Herrin, denn ihr schwante nichts Gutes. Daher beschloss sie, den Armbrustschützen auf die Burgmauer zu begleiten.

Als sie gemeinsam auf der Burgmauer entlangliefen, gewahrte sie schon von weitem ihre Herrin, die ungeduldig zu Füßen der Brückenpfeiler wartete.

„Da seid ihr ja endlich", rief sie ihnen entgegen. „Martin, gebt mir einen Eurer Armbrustbolzen."

Der Armbrustschütze reichte ihr einen Bolzen, und Maria ließ ihre Herrin nicht aus den Augen. Was hatte sie nur vor?

Das Burgfräulein zog einen Brief, einen Ring und ein Garnknäuel aus ihrem Gewand, führte das Ende des Garns durch den Ring und band ihn an das Geschoss.

Maria beugte sich vor, um alles besser betrachten zu können. „Was ist Euer Begehr, Herrin?"

„Ich habe für Heinrich alles in diesem Brief niedergeschrieben. Sieh, an den Ring habe ich einen dünnen Faden geknüpft. Daran binde ich den Brief fest. Nun soll unser Schütze diesen Bolzen zur Burg Neuenahr hinüber schießen. Das andere Ende des Garns binden wir an dem alten Brückenpfeiler fest. Wenn Heinrich meinen Brief erhalten hat, kann er mir auf dem gleichen Wege eine Nachricht zukommen lassen."

„Das ist wohlfeil ausgedacht", freute Maria sich und beobachtete, wie der Armbrustschütze den Bolzen auflegte. Gespannt blickten sie dem Geschoss nach, das der Abenddämmerung entgegenflog.

Ungeduldig warteten sie ab, ob etwas geschehen würde. Die Zeit verrann, und Maria befürchtete schon, dass der Plan ihrer Herrin fehlgegangen war.

Doch da spannte sich der Faden mit einem Mal und der Ring kam mit einem Brieflein zurück.

„Er hat meine Nachricht erhalten", freute sich da Christine und löste den Brief von dem Ring.

„Bitte, Herrin", jammerte die Zofe, „jetzt, da Ihr eine Antwort bekommen habt, können wir doch zurück in die warme Stube gehen. Mir ist schrecklich kalt, und Ihr werdet Euch hier noch den Tod holen."

Christine nickte geistesabwesend und folgte Maria widerstandslos in ihr Gemach. Auf dem Weg dorthin presste sie den kleinen Brief fest an ihr Herz.

Kaum waren sie im Gemach der Jungfer angekommen, setzte diese sich an das Feuer und öffnete den Brief.

„Oh, Maria, Heinrich erwidert meine Gefühle, und er macht sich sofort auf den Weg, damit er morgen früh um mich freien kann. Ich bin dir so dankbar, dass du mir von jener alten Luftbrücke erzähltest."

Am nächsten Morgen traf der junge Ritter Heinrich auf Burg Landskron ein und hielt feierlich um Christines Hand an.

Der Graf von Landskron war hocherfreut und gab gerne seine Zustimmung.

Als nun die Hochzeit gefeiert wurde, erzählte Christine ihrem Gemahl von ihren gemeinsamen Ahnen und der Luftbrücke. Heinrich beschloss daraufhin, sie aus Dank wieder aufzubauen.

Doch heute erinnert nichts mehr an die große Liebe und Freundschaft. Nach Heinrichs und Christines Tod verfiel die Luftbrücke wieder und wurde später auch niemals wiedererrichtet. Ja, selbst die einst so mächtige Burg Neuenahr ist heute bis auf ein paar kleine Ruinenreste gänzlich verschwunden.

Die drei Jungfrauen von Landskron

Einst lebte hoch oben auf der Burg Landskron ein mächtiger Graf, der hatte drei liebliche Töchter. Ihre Schönheit und Anmut war weit über die Grenzen seines Landes bekannt, und es mangelte ihnen nicht an Freiern. Doch die Jungfrauen wollten weder den Vater noch einander jemals verlassen und schworen sich, niemals zu heiraten.

Nun geschah es eines Tages, dass der Ritter von Tomberg bei Rheinbach, Herr der Tomburg, um die Hand der Jüngsten anhielt. Die schöne Grafentochter kannte den Ritter wohl, der für seine Grausamkeit und Härte bekannt war, und verweigerte ihm einen Empfang. Als der Ritter von Tomberg das erfuhr, war er sehr erbost. Er schrie und tobte und drohte, die junge Frau, wenn nötig, mit Gewalt aus ihren Gemächern zu holen. Da ließ der Graf den Ritter von seinen Leuten aus der Burg werfen und untersagte ihm, das Gemäuer jemals wieder zu betreten. Der Ritter war über diese Schmähung außer sich vor Zorn. „Graf, das wird Eure schöne Tochter noch bitterlich bereuen!", rief er laut vom Burgtor hinauf zu den Zinnen und ritt von dannen.

Es vergingen die Tage, und der Graf und seine Töchter vergaßen die Drohungen des Herrn von Tomberg.

Doch eines Morgens riss wildes Geschrei Gudrun, die jüngste Grafentochter, aus dem Schlaf. Müde rieb sie sich die Augen und fragte sich noch, was wohl die Ursache für den Lärm war, als ihre Schwester Lisbeth in ihr Gemach stürzte.

„Gudrun“, rief diese angstvoll, „schnell, Kind, steh auf!“

„Um Himmels willen, Lisbeth, was ist geschehen?“

„Er ist hier“, schluchzte Anna, die direkt nach Lisbeth das Zimmer betrat und die Tür verriegelte.

Gudrun sah zu Lisbeth hinüber, die mit bleichem Antlitz am Fuße ihres Bettes stand. „Von wem sprichst du?“, fragte sie, obwohl sie die Antwort wohl ahnte.

„Der Herr von Tomberg!“

Vor Schrecken stumm, sprang Gudrun aus dem Bett und stürmte ans Fenster. Fassungslos beobachtete sie, wie die Knechte des Ritters im Hof das Gesinde in eine Ecke trieben. Von dem Ritter selbst war weit und breit nichts zu sehen.

Lisbeth überlegte fieberhaft: „Wir müssen uns verstecken. Er will Rache für die Schmach, die er durch Gudrun erlitten hat, und er wird niemanden schonen.“

„Wo ist Vater?“

„Vater ist heute Morgen zur Jagd aufgebrochen und wird vor Sonnenuntergang nicht wieder zurückkehren!“

Gudrun wurde angst und bange. Allein der bloße Gedanke, was dieser Unhold ihrer Familie und ihr antun konnte, raubte ihr fast die Sinne.

„Sie muss hier irgendwo sein! Sucht die ganze Burg ab. Ich will sie haben!“, ertönte eine herrische Stimme auf dem Gang.

Gudrun riss die Augen auf und starrte ihre Schwestern entsetzt an. Der Ritter musste schon vor ihrer Tür stehen!

„Kommt schnell“, flüsterte Anna, „wir fliehen durch den geheimen Gang. Bevor er die Tür aufgebrochen hat, sind wir an der Ringmauer angelangt und können fliehen.“

„Ich höre Stimmen, Herr. Hier in diesem Gemach ist jemand!“, vernahmen sie einen Mann draußen rufen. Kräftige Schläge ließen die Tür erzittern. „Es ist abgeschlossen!“

Regungslos starrte Gudrun zu ihrer Tür hinüber.

„Dann lasst sie uns holen!“

Beim Klang der Stimme des Herrn von Tomberg lief es Gudrun eiskalt den Rücken hinunter.

„Nun bekomme ich endlich, was mir zusteht!“

Gudrun hatte das Gefühl, ihre Beine wären am Boden festgewachsen. Benommen beobachtete sie ihre Schwester Lisbeth, die mühsam den großen Wandteppich zur

Seite zog und eine kleine Tür öffnete. Erst als sie von hinten einen Stoß erhielt, löste sich ihre Starre.

„Los, wir müssen uns beeilen", rief Anna und schob Gudrun in den engen Gang. Hastig liefen sie die schmale Treppe hinunter und verließen durch ein geheimes Pförtchen in der Ringmauer die Burg. Gudrun wollte stehenbleiben und sich umsehen. Doch Lisbeth zog sie erbarmungslos weiter.

„Komm, wir suchen Unterschlupf in der Felsenkluft."

„Aber was ist mit den Leuten auf der Burg? Wir können sie doch nicht im Stich lassen."

„Wir können ihnen nicht helfen. Er will dich, und wenn er uns findet, dann wird es dir übel ergehen. Du hast ihn beleidigt, und dafür will er Rache nehmen. "

Gudrun musste Lisbeth recht geben und beeilte sich, ihren Schwestern nachzukommen.

„Was ist mit Vater? Ob er ihm etwas antun wird?" klagte Gudrun verzweifelt.

„Ich weiß es nicht. Doch uns bleibt keine Zeit, darüber nachzudenken. Wir müssen uns verstecken. Sie sind uns sicher schon auf den Fersen."

„Da sind sie!"

Erschrocken drehte Gudrun sich um und sah den Ritter samt Gefolgschaft auf dem Wehrgang stehen.

„Nun seid Ihr mein", schrie der Ritter wie von Sinnen und stürmte hinab.

„Er hat uns entdeckt. Was sollen wir nur tun?" Gudrun blieb stehen und schluchzte.

„Verlier nur nicht den Mut", tröstete Anna sie und ergriff ihre Hand, „er wird uns in der Felsenkluft nicht finden. Kommt, meine Schwestern, geschwind!"

Gudrun ließ sich widerstandslos mitziehen, doch in ihrem Herzen machte sich tiefe Verzweiflung breit. Was war, wenn der schurkische Ritter sie doch fand? Die Kluft war nicht groß, und wenn er den schmalen Eingang entdeckte, waren sie verloren.

Endlich hatten sie den Felsspalt erreicht. Rasch schlüpften sie hinein und krochen in die hinterste Ecke. Da hörten sie auch schon drohende Rufe und Waffengeklirr direkt vor dem Felsen.

„Ihre Fußspuren enden hier. Herr, seht, sie haben sich hier irgendwo versteckt."

„Dann sucht sie. Ich will sie haben. Und wehe euch, ihr findet sie nicht! Ihr wisst, was euch dann blüht."

Gudrun drängte sich eng an ihre Schwestern, die ängstlich in der Ecke kauerten. Wie lange würde es dauern, bis sie den Eingang fanden? Gudrun unterdrückte ein Schluchzen. Plötzlich erblickte sie einen Lichtschein in der Ecke. Verwirrt hob sie den Kopf und erschrak. Dort stand eine Frau, die glich ihrer verstorbenen Mutter aufs Haar! Gudrun rieb sich ungläubig die Augen. Das konnte nicht sein. Die Mutter war seit vielen Jahren tot!

Stumm fasste sie nach dem Arm ihrer Schwester Lisbeth und zeigte in die Richtung, wo die überirdische Erscheinung ihr winkte. Doch Lisbeth schüttelte nur unwillig den Kopf und starrte gebannt zur Felsspalte hinüber. Gudrun fragte sich fieberhaft, was sie tun sollte. Offenbar konnten ihre Schwestern die Frau nicht sehen. So musste sie ihr wohl folgen. Vorsichtig kroch sie der Frau entgegen, die ihr mit ihren Blicken Mut zu machen schien.

„Was hast du vor?", flüsterte Anna aufgebracht und versuchte Gudrun festzuhalten. Doch diese schob ihre Hand weg und kroch weiter. Endlich war sie an der Wand angekommen. Langsam zog sie sich am Felsen hoch und sah sich um. Von der Frau war nichts mehr zu sehen! Hatte sie sich alles nur eingebildet?

Ein siegessicherer Schrei ließ sie zusammenfahren. „Herr, seht nur! Ich glaube, wir haben sie gefunden."

Erschrocken fuhr Gudrun herum. Dabei verlor sie das Gleichgewicht und stürzte rückwärts. Verzweifelt versuchte sie sich an der Felswand festzuhalten, doch ihre Hände griffen ins Leere.

„Um Himmels willen, liebe Schwester, so komm doch zu dir." Gudrun hörte die sorgenvolle Stimme Annas direkt an ihrem Ohr.

Vorsichtig öffnete sie die Augen. „Was ist geschehen?", flüsterte sie und versuchte, sich zu erheben. Dabei zuckte ein brennender Schmerz durch ihr rechtes Bein. Stöhnend blieb sie sitzen.

„Scht, still", mahnte Anna, „sie sind nebenan."

„Hier ist niemand", hörte Gudrun wie zur Bestätigung jemanden sagen. „Sie müssen an einem anderen Ort sein."

„Dann sucht weiter! Verdammt, ich reiße dieser Hexe jedes Haar einzeln aus."

Gudrun vergrub ihr Gesicht an der Schulter ihrer Schwester und wagte nicht einmal mehr zu atmen.

„Lasst uns draußen weitersuchen. Ich will sie finden!"

Gudrun hörte, wie der Ritter und seine Leute fluchend die Felsenkluft verließen und tat erst wieder einen Atemzug, als es um sie herum still wurde.

„Gudrun, du hast uns das Leben gerettet", sagte Lisbeth voller Hochachtung, „wenn du nicht die kleine Grotte gefunden hättest, wären wir nun verloren. Wie konntest du den schmalen Eingang nur erkennen?"

Gudrun versuchte sich zu erinnern. Sie hatte eine kleine Grotte gefunden? Benommen sah sie sich um. Was hatte sich zugetragen?

„Ich gewahrte eine Frau in der Ecke, die ein Ebenbild unserer Mutter war. Sie winkte uns zu." Gudrun stockte. „Habt ihr sie nicht gesehen?"

Anna und Lisbeth schüttelten stumm den Kopf.

„Nun, dann bin ich auf die Erscheinung zugekrochen, und als die Männer am

Höhleneingang erschienen, bin ich ausgerutscht und gefallen. An mehr erinnere ich mich nicht."

„Als du im Dunkeln verschwandest, wollten wir dir zur Hilfe eilen", erklärte Lisbeth leise. „Wir fanden dich in dieser kleinen Grotte und sind zu dir gekrochen."

„Ja, und kaum, dass wir bei dir waren, stürmten die Männer auch schon herein", ergänzte Anna.

„Ich war nicht bei Sinnen und habe es nicht bemerkt", antwortete Gudrun und rieb sich ihren verletzten Knöchel.

„Schmerzt es sehr?", fragte Lisbeth mitleidig.

Gudrun versuchte, ihre Schwester anzulächeln: „Was ist dieser kleine Schmerz schon gegen das Leid, das mich bei diesem Unhold erwartet hätte."

Lisbeth und Anna krochen ganz nah zu Gudrun heran und schlangen die Arme um ihren Hals. So blieben sie sitzen und warteten.

„Lisbeth! Anna! Gudrun! Wo seid ihr, meine Töchter?"

Gudrun hob den Kopf und lauschte. War das nicht die Stimme ihres Vaters?

Die Mädchen krochen durch den schmalen Eingang nach draußen, ans Tageslicht. „Vater!", rief Lisbeth und stürzte sich dem Grafen in die Arme.

„Lisbeth! Anna! Dem Himmel sei Dank. Wo ist meine Jüngste?"

Gudrun humpelte dem Vater entgegen, der sie glücklich in seine Arme schloss.

Der Graf brachte seine Töchter zurück auf die Burg. Dort erfuhren sie, dass er den Herrn von Tomberg im Zweikampf getötet hatte. Sie brauchten seine Rache hinfort nicht mehr zu fürchten und lebten von nun an vergnügt und in Freuden. Gudrun besuchte noch häufig die Stelle, an der sie die Erscheinung gesehen hatte. Niemand wusste, wer diese Frau gewesen war und woher sie kam. Doch noch heute kann man schon von weither die weiß glänzende Kapelle sehen, die der Graf zum Dank auf dem Felsen erbauen ließ.

Der unerschrockene Mahlhannes

Vor langer Zeit stand einmal am Ausgang des Eschweiler Tales, dort, wo es in das Erfttal übergeht, eine kleine Mühle, die zu dem Stift von Münstereifel gehörte. Ein jeder Müller, der dort einmal gelebt und gearbeitet hatte, behauptete, es würde in der Mühle spuken, und weigerte sich, dorthin zurückzukehren. So kam es, dass die Mühle viele Jahre leerstand und immer mehr verfiel.

Nun ergab es sich, dass Hannes, ein junger, unerschrockener Müller, von der Mühle erfuhr. Er glaubte nicht an Geister und Spukgeschichten. Für ihn gab es für alles eine diesseitige Erklärung, und er glaubte nur das, was er mit eigenen Augen sah. Daher unterzeichnete er bei den Klosterbrüdern einen Pachtvertrag und richtete sich häuslich in der Mühle ein.

Nun geschah es, dass in einer stürmischen Nacht eine Schar schwarzer Katzen in seine Mühle einfiel. Doch das bekümmerte den sorglosen Jüngling nicht weiter. Zwar störte es ihn, dass die Katzen sich nicht vertreiben ließen und sich aufführten, als wäre die

Mühle ihr Zuhause, aber unheimlich fand er ihre Gegenwart nicht. Auch der Schabernack, den die Katzen den ganzen Tag trieben, ihr Lärmen und Geschrei, erfreuten ihn zwar nicht, aber er litt auch nicht darunter. Am Tage hielt ihn die harte Arbeit auf Trab, und des Nachts war er immer so erschöpft, dass er sofort einschlief. Doch als immer mehr Katzen die Mühle bevölkerten, sodass er kaum noch Platz zum Arbeiten fand, wurde ihm doch unbehaglich und er beschloss, sich Hilfe bei den Brüdern des Stiftes zu holen. Er hatte im Kloster auch viele Katzen gesehen, und hoffte, die Mönche könnten ihm einen Rat geben, wie er die Tiere vertreiben konnte, ohne sie zu verletzten.

„Was kann ich für dich tun, mein Sohn?“, fragte ihn ein Mönch, als Hannes an das Tor des Klosters klopfte.

Hannes neigte den Kopf zum Gruß. „Ich brauche Euren Rat und Eure Hilfe. Wollt Ihr mich einlassen, dass ich mit dem Abt oder sonst einem Bruder sprechen kann, der versteht, mit Katzen umzugehen?“

Der Mönch trat zur Seite. „Trete ein, mein Sohn. Ich bringe dich zu unserem Abt. Er kennt die Katzen besser als jeder andere Mensch und wird dir gewiss helfen können.“

Hannes folgte dem Mönch ins Innere des Klosters. Der Bruder führte ihn in eine kleine Kammer und stellte einen Becher und einen Krug mit Wein auf den Tisch.

„Warte bitte einen Augenblick. Ich will unseren Abt holen.“

Während Hannes wartete, sah er sich in der kargen Zelle um und fragte sich, ob die Räume im Kloster wohl alle so aussahen.

„Gott zum Gruße, mein Sohn“, ertönte die Stimme des Abtes an der Tür, „mein Bruder hat mir gesagt, dass du meinen Rat brauchst.“

Hannes reichte dem Abt die Hand. „Danke, dass Ihr Euch die Zeit für mich nehmt, ehrwürdiger Vater.“

„Das tue ich gern“, erwiderte der Abt und ließ sich auf einem Stuhl nieder. „Erzähl mir doch, was dich bedrückt.“

Hannes berichtete dem Abt nun von den schwarzen Katzen und ihrem merkwürdigen Verhalten.

Der Abt erhob er sich und schritt gedankenvoll in der Kammer auf und ab. „Du weißt schon, dass es sich bei diesen schwarzen Geschöpfen nicht um gewöhnliche Katzen handelt, oder?“, fragte er schließlich ernst.

„Wie meint Ihr, Vater? Das verstehe ich nicht.“

„Nun, alle diese Kreaturen sind schwarz, oder? Und ihre Augen glühen im Dunkeln?“

„Hm, ja, sie sind tatsächlich alle schwarz und ihre Augen leuchten gar seltsam. Im Übrigen aber verhalten sie sich wie alle Katzen. Wenn es nicht so viele wären, würden sie mich nicht einmal stören.“

„Du findest, sie verbringen ihren Tag wie alle Katzen? Sind sie einmal zu dir auf den Schoss gesprungen? Oder jagen sie die Mäuse im Haus?“

Hannes dachte einen Augenblick nach und schüttelte dann den Kopf. „Nein, eigentlich tun sie nichts von alledem. Sie zerstören nur, was ihnen in den Weg kommt, und verursachen einen höllischen Lärm."

„Nun wohl, so sind nicht nur ihre Augen unheimlich", erwiderte der Abt, „sondern ihr ganzes Betragen. Katzen fangen Mäuse oder dösen am Tage in der Sonne. Die Geschöpfe in deinem Haus sind keine Katzen, es sind verwandelte Hexen."

„Verwandelte Hexen?", staunte Hannes ungläubig.

„Kennst du nicht die Geschichten, die sich um deine Mühle ranken?"

„Nein, Vater – und ich glaube auch nicht an die Märchen, die sich die alten Weiber erzählen."

„Nun, es sind keine Dichtungen. Die Hexen betrachten seit vielen Jahrzehnten die Mühle als ihr Eigen. Bislang bereitete es ihnen nicht viel Mühe, die Bewohner immer wieder mit ihrem Spuk in die Flucht zu schlagen."

Hannes lachte: „Ich lasse mich doch nicht von einer Horde Katzen vertreiben!"

„Was mich mit Verwunderung erfüllt, ist, dass sie mittlerweile so zahlreich geworden sind", murmelte der Abt gedankenverloren vor sich hin, „ich denke, sie merken, dass du aus anderem Holz geschnitzt bist als die Müller, die vor dir dort lebten. Daher haben sie wohl alle Hexen der Umgebung zusammengerufen und sie in deiner Mühle versammelt. Sie werden keine Ruhe geben, bis sie dich vertrieben haben."

„Niemals!", erwiderte Hannes. „Ich werde mit diesen Hexen schon fertig. Ich habe keine Angst!"

Der Abt sah ihn einen Moment schweigend an und ging dann zu einer kleinen Truhe. Er suchte darin etwas, und kam schließlich mit einem Rosenkranz zurück.

„Wenn du fest entschlossen bist, den Hexen zu trotzen, solltest du zu deinem Schutze den Rosenkranz mitnehmen. Er wird dich beschützen, denn er ist gesegnet im Namen unserer heiligen Märtyrer Chrysanthus und Daria."

Verwirrt nahm Hannes den Rosenkranz. „Vielen Dank, ehrwürdiger Vater! Aber wie soll mich der Rosenkranz schützen?"

Der Abt sah einen Augenblick sinnend aus dem Fenster. „Entweder es gelingt dir, die Hexen mit dem Rosenkranz und einem Gebet zu verjagen, oder du wirst über kurz oder lang gehen müssen. Ich könnte dich zwar auch begleiten und sie mit meinen Gebeten bekämpfen. Doch dann kehren sie wieder zurück, sobald ich die Mühle verlassen habe. Damit wäre dir nicht gedient. "

Nachdenklich ließ Hannes den Rosenkranz durch seine Finger gleiten. „Vielen Dank für Euren Rat. Ich werde mich schon zur Wehr setzen, und der Rosenkranz wird mich ganz sicher vor diesen teuflischen Kreaturen beschützen."

Der Abt brachte ihn zur Tür und gab ihm seine Ermahnungen mit auf den Weg: „Sei auf der Hut, mein Sohn, und pass auf dich auf. Mit Hexen ist nicht zu spaßen."

Hannes nickte stumm und machte sich auf den Heimweg. Schon von weither konnte er das Gepolter und Geschrei der Katzen in seiner Mühle hören. Nachdem er nun wusste, dass es verzauberte Hexen waren, ärgerte es ihn, dass er sie nicht schon viel früher verscheucht hatte.

Kaum hatte er die Tür geöffnet, da verstummten die Katzen für einen Augenblick und starrten ihn mit ihren glühenden Augen an. Sie saßen auf einigen Säcken Mehl, die sie vollkommen zerstört hatten.

„So, elendes Katzenvolk“, schalt Hannes, „jetzt habe ich aber genug! Dies hier ist mein Reich. Entweder ihr geht nun endlich eurem Katzenhandwerk nach und fangt die Mäuse, die sich über mein Korn hermachen, oder ihr habt hier nichts verloren!“

Als Hannes plötzlich so beherzt zu ihnen sprach, begannen die Katzen wild durch die Mühle zu springen und zu schreien. Einige versuchten, nach ihm zu schlagen. Die größte und dreisteste Katze krallte sich böse fauchend an seinem Bein fest.

„Au“, schrie Hannes und schüttelte sie ab. „Wirst du das wohl lassen, Bestie!“

Die große Katze sprang auf den Mahltrichter und schlug abermals nach ihm.

„Jetzt ist es genug“, polterte Hannes los und griff in seine Hosentasche. Mit aller Kraft schlug er der Katze den geweihten Rosenkranz um die Ohren. „Im Namen des Vaters, des Sohnes und des heiligen Geistes, verlasst endlich meine Mühle!“, rief Hannes. Die Katze fauchte und stürzte schreiend von dem Mahltrichter. In wildem Entsetzen suchte sie das Weite.

„Welches von euch Biestern sehnt sich ebenfalls nach ein paar Schlägen mit dem Rosenkranz?“, brüllte Hannes in die Runde. „Ich bin gerade gut aufgelegt!“

Noch bevor er die Hand heben konnte, stürzten alle Katzen kreischend aus der Tür. Verwundert sah er ihnen nach. Dass der Rosenkranz so gut wirken würde, hätte er nicht für möglich gehalten. Zufrieden ließ er sich auf einem Schemel nieder und sah sich in seiner Stube um. Die Katzen hatten ein wildes Durcheinander hinterlassen, und er würde einige Zeit brauchen, um wieder Ordnung zu schaffen.

So vergingen die Tage und Hannes erfreute sich an der Ruhe im Haus. Es ließ sich keine schwarze Katze mehr in der Mühle blicken. Mit Dankbarkeit gedachte Hannes des Abtes und beschloss, ihn noch einmal aufzusuchen und ihm zu berichten, wie es ihm gelungen war, die Katzen zu vertreiben. An einem schönen Sonntagmorgen machte er sich auf den Weg nach Münstereifel.

Im Kloster erfuhr er, dass der Abt nach Köln gefahren war und erst in den nächsten Tagen zurückerwartet wurde. Hannes stand unschlüssig am Klostertor und überlegte, was er mit dem schönen Tag anfangen sollte. Ihm fiel nichts Rechtes ein, und er machte sich auf den Heimweg. Er musste dabei den Marktplatz von Münstereifel überqueren, wo ein Kirmesfest stattfand. Hannes hatte große Lust, sich dem fröhlichen Treiben anzuschließen, und so blieb er und feierte mit bis kurz vor Mitternacht. So kam es, dass er erst tief in der Nacht zurückging. Kurz bevor er seine Mühle erreicht hatte, vernahm er plötzlich lautes Lachen und Gesang. Überrascht blieb er stehen und spähte neugierig in die dunkle Nacht. Er folgte einem hellen Feuerschein und kam auf eine Lichtung. Wie staunte er, als er dort ein großes Feuer vorfand, um das wilder Trubel herrschte. Frauen – junge wie alte – sprangen lachend um die Flammen herum.

„Sei gegrüßt, schöner Jüngling", erklang plötzlich eine samtweiche Stimme neben ihm. „Was verschlägt dich zu so später Stunde an diesen Ort?"

Hannes konnte seinen Blick nur schwer von dem bunten Treiben losreißen und wandte seinen Kopf erst, als er eine zarte Berührung an seinem Arm verspürte.

Glockenhelles Lachen drang an sein Ohr. „So verzaubert bist du von unserem Fest? Ich wüsste gerne, was dich hergeführt hat."

„Ich ... ich bin auf dem Heimweg", stammelte er und sah nun endlich der Frau an seiner Seite ins Antlitz. Ihre dunklen Augen leuchteten im Feuerschein, und Hannes konnte sich des Eindrucks nicht erwehren, dieser Frau schon einmal begegnet zu sein.

„Lebst du hier in der Nähe?"

„Ja, in der Mühle."

„Ja sicher", rief die Frau plötzlich und krallte sich an seinem Arm fest, „jetzt erkenne ich dich wieder."

„Was soll das, lass ab von mir", rief Hannes und versuchte sich aus dem Griff zu befreien. Doch die Frau schien übernatürliche Kräfte zu besitzen.

„Schwestern", rief sie über das Feuer hinweg, „seht nur, wer zu uns gekommen ist! Der Hannes aus der Mühle!"

Schlagartig wurde es still am Feuer. Alle Frauen kamen näher und bildeten einen engen Kreis um ihn.

„Sieh mal einer an", kreischte ein altes, weißhaariges Weib neben ihm, „du bist so tolldreist, dich zu uns zu gesellen?"

„Dafür wirst du jetzt büßen", zischte eine rothaarige Matrone neben ihm und zog ihn mit aller Kraft an den Haaren.

„Au", schrie Hannes auf und versuchte, sich vor den vielen Händen in Sicherheit zu bringen, die nach ihm griffen. Wo war er nur hingeraten?

„Wartet", tönte plötzlich eine kräftige Stimme im Hintergrund.

Hannes wandte den Kopf und sah eine große, schlanke Frau mit hüftlangem, schwarzem Haar auf sich zukommen. Ihre ebenmäßigen Züge waren von zwei hässlichen Striemen auf ihren Wangen verunstaltet. Ihre Augen funkelten ihn gespenstisch an.

„Nun", begann Hannes unsicher, „es tut mir leid, dass ich euer Fest störe. Ich kam nur zufällig vorbei und wollte nachsehen, was hier geschah."

Die Frau wandte sich spöttisch lächelnd an die übrigen: „Habt ihr gehört? Er ist nur rein zufällig vorbei gekommen?"

Höhnisches Gelächter war die Antwort. Hannes wollte sich aus dem Kreis zurückziehen, doch die Frauen begannen sofort wieder, an ihm zu zerren und zu schreien.

„Aber, aber", lächelte die Schwarzhaarige, „du wirst uns doch nicht so schnell wieder verlassen wollen. Wir wollen mit dir feiern, nicht wahr, meine Schwestern?"

„Ja, das wollen wir", kam es aus allen Ecken, und Hannes fragte sich, was sie wohl im Schilde führten.

„Bringt unserem Müller zur Begrüßung unseren feinsten Wein und lasst uns aufhören, ihn zu piesacken."

Sie klatschte in die Hände und der Kreis um Hannes wurde etwas größer. Unwillkürlich atmete er auf. „Komm", säuselte die schwarzhaarige Frau Hannes ins Ohr und zog ihn näher ans Feuer. „Ich möchte mich für meine Schwestern entschuldigen. Wir dulden nur einen einzigen Mann in unserer Mitte, aber bei einem so tapferen Burschen wie dir wollen wir eine Ausnahme machen."

„Tapfer? Was meinst du damit?"

Sie lächelte Hannes liebenswürdig an. „Nun, es wird sich erzählt, dass du dich gegen die Hexen hier zur Wehr gesetzt hast."

„Nun, ich ..."

In diesem Augenblick näherte sich eine weitere Frau mit einem prachtvollen Becher. „Trink, mein Freund", säuselte sie liebreizend, „und dann wollen wir zusammen tanzen."

Hannes nahm den Becher entgegen und roch an dem Wein. Er verströmte einen lieblichen Duft, und Hannes spürte, wie ihm das Wasser im Munde zusammenlief. Wenn der Wein so köstlich schmeckte wie er roch, dann musste er sehr gut sein. Hannes blickte in die vielen erwartungsvollen Gesichter und hob den Becher. „Lasst uns feiern! Doch bevor ich diesen herrlichen Wein genieße, möchte ich dem Herrn danken."

Die schwarzhaarige Frau kam drohend einen Schritt näher. „Wage es nicht ...", begann sie und griff nach ihm.

Doch kaum hatte sie ihn berührt, da zuckte sie erschrocken zurück. Hannes achtete nicht auf ihren wilden Blick und umfasste mit der freien Hand den Rosenkranz, den sie ihm aus dem Hemd gezogen hatte. Dabei rief er mit lauter, kraftvoller Stimme über die Lichtung: „Auf euch, ihr holden Frauen. Möge Gottes Segen mit euch sein!"

Als er seinen frommen Trinkspruch ausgesprochen hatte, brach um ihn ein wildes Geheul aus. Die Frauen hielten sich die Ohren zu und rauften sich kreischend die Haare. Das Feuer in der Mitte der Lichtung loderte auf und schien ins Unermessliche zu wachsen. Der Lichtstrahl wurde immer heller, sodass Hannes die Augen abwenden musste. Mit einem Male war es totenstill, das Feuer erlosch plötzlich und er ward ganz allein auf der Lichtung. Nichts deutete mehr auf das wilde Fest hin, das eben noch hier stattgefunden hatte. Alle Frauen waren samt dem Feuer verschwunden. Nur der Becher war in seiner Hand zurückgeblieben.

Da begab er sich durch die rabenschwarze Nacht zurück auf den Heimweg. Wenn er den Becher nicht in der Hand gehabt hätte, er hätte alles für einen wüsten Traum gehalten.

Daheim stellte er den Becher auf den Tisch, legte sich sofort in sein Bett und fiel in einen tiefen Schlaf.

Am nächsten Morgen staunte er nicht schlecht, als er statt des prunkvollen Bechers einen verwitterten Pferdeknochen auf dem Tisch liegen sah.

Durch den Abt erfuhr Hannes später, dass es sich bei dem Fest um ein Hexentreffen gehandelt hatte. Nun verstand er auch, woher die Weiber ihn gekannt und woher die Striemen im Gesicht der schwarzhaarigen Frau gestammt hatten. Hannes dankte dem Herrn, dass er ihn zum zweiten Mal vor den Hexen beschützt hatte, und stellte den alten Pferdeknochen und den Rosenkranz zusammen an seine Feuerstelle, um dieses Abenteuer nie zu vergessen. Von diesem Tage an ließ sich in dem Tal keine Hexe mehr blicken, und Hannes lebte glücklich und zufrieden in der Mühle – bis ans Ende seiner Tage.

Die Kanzelley

Nicht weit von der Burg Nideggen entfernt erhebt sich die Kanzelley. Dort lebte vor vielen hundert Jahren in einer Felsgrotte ein alter Eremit. Niemand wusste, wann er in die kleine Grotte eingezogen war oder woher er kam. Auch sein genaues Alter war ein Geheimnis, denn er bewegte sich trotz seines schneeweißen Hauptes wie ein junger Mann.

Doch die Dorfbewohner flüsterten hinter vorgehaltener Hand, dass er einst ein stolzer Ritter gewesen sei, der im Heiligen Land gegen die Sarazenen gekämpft und vor dem heiligen Grab gebetet hatte. Man munkelte sogar, dass er nach einem heftigen Streit seinen Bruder erschlagen hätte und nun in der Einsamkeit für seine Sünden büßen würde.

Doch diesen Gerüchten zum Trotze sprach es sich mit den Jahren herum, dass der einsame Waldmann über heilende Kräfte gebot. Wer unter einem Gebrechen oder gar schlimmer Seelennot litt, machte sich auf den beschwerlichen Weg hinauf zur Grotte.

Der Eremit hatte für jeden ein offenes Ohr und besaß heilende Kräuter, mit denen er so manche Not zu lindern vermochte.

All dieses Treiben beobachtete auch der Teufel. Es ärgerte ihn über alle Maßen, wie sehr die Menschen den frommen Einsiedler schätzten. Und als die Leute der Umgebung auch noch begannen, in den warmen Sommermonaten in Scharen den schmalen Pfad hinaufzusteigen, wenn der Eremit die kleine Glocke am Grotteneingang zur Andacht läutete, beschloss er, etwas dagegen zu unternehmen. Unentwegt beobachtete er den Eremiten, der nicht müde ward, von der Pracht Gottes und den Torheiten hienieden zu predigen. Der Höllenfürst begehrte einen Weg zu finden, wie sich die Menschen zur Abwendung von dem weisen Mann und der Gottesfurcht bringen ließen.

So verging der Sommer, und dem Teufel wollte kein rechter Einfall reifen. Doch da kam ihm eines Tages der Zufall zur Hilfe.

Eines Herbstmorgens warteten die Menschen vergeblich auf den Klang der Glocke! Der Teufel machte sich auf, zu sehen, was den Eremiten an seiner Predigt hinderte. Leise erklomm er den Pfad zur Grotte und blickte sich nach dem Alten um. Zuerst vermochte er ihn nirgends zu entdecken, doch dann vernahm er ein heiseres Husten aus der Ecke, in der das karge Lager des Mannes lag, und da erkannte er, was geschehen war: Der Eremit war erkrankt!

Da rieb sich der Teufel die Hände und verschwand lautlos wieder in die Hölle. Jetzt war seine Stunde gekommen! Eilig sammelte er ein paar Kräuter und schlich sich wieder hinauf zu der Grotte des Alten. Flugs mischte er ein paar wirksame Schlafkräuter unter die Kräuter des Predigers und verbarg sich in einer dunklen Ecke. Geduldig wartete er, bis der Eremit die Kräuter zu einem heißen Tee aufgebrüht und den Sud getrunken hatte und dann zufrieden in einen tiefen Schlaf versunken war. Nun eilte der Teufel zurück in die Hölle, besorgte sich dort eine große braune Kutte, setzte sich eine Perücke auf sein Haupt und band sich einen struppigen Bart ins Gesicht. Um seine Erscheinung noch zu vervollkommnen, zog er zusätzlich noch einen großen Hut über seine Perücke, damit man sein Antlitz nicht so gut zu erkennen vermochte.

Wohlgemut machte er sich erneut auf den Weg zur Kanzelley. Zuerst verschaffte er sich Gewissheit, dass der alte Eremit noch in tiefem Schlaf auf seinem Lager ruhte, und dann begann er dass Glöckchen zu läuten.

Im ersten Augenblick fürchtete er, dass der Alte von dem Lärm erwachen würde, und blickte sich immer wieder wachsam um. Doch als er die Stimmen der ersten Dorfbewohner vernahm, vergaß er den alten Mann in der Grotte und zog freudig immer weiter an dem kleinen Glöckchen. Jetzt endlich bekam er Gelegenheit, die Dorfbewohner für sich zu gewinnen!

Er hörte erst auf zu läuten, als vor der Grotte eine große Menschenmenge zusammengekommen war.

Vergnügt nahm er seinen Stab und trat hinkend vor die Menge. Dabei hielt er sein Haupt leicht gesenkt, damit die Gläubigen ihn nicht erkannten.

„Da ist er", erklang es freudig von allen Seiten.

Doch kaum wurden sie seiner ansichtig, da ging ein Raunen durch die Menge. „Oh, seht nur, wie schlecht es um den weisen Mann bestellt ist!"

„Er kann kaum laufen und muss sich neuerdings auf einen Stab stützen", rief eine alte Frau bestürzt.

„Ja", erwiderte eine andere Frau neben ihr, „und schaut nur, wie fahl sein Antlitz ist. Seine Augen sind fast geschlossen."

„Er ist gekommen, um von uns Abschied zu nehmen ..."

Der Teufel erhob sein Haupt, um in die Menge sehen zu können.

„Liebe Gläubige", hub er mit krächzender Stimme an, „bevor ich mit meiner Predigt beginne, möchte ich euch für euer zahlreiches Erscheinen danken!"

Die Gemeinde stand schweigend vor ihm und erwartete seine nächsten Worte.

„Wie ihr erahnt, werde ich seit geraumer Zeit von einer schlimmen Krankheit heimgesucht, die mich lange an das Krankenlager fesselte." Der Teufel hielt kurz inne, um seinen nächsten Worten mehr Gewicht zu verleihen. „Wilde Albträume quälten mich in meinem Fieber, und ich wähnte mich schon in der Hölle!" Erneut machte der Teufel eine kurze Pause und täuschte dann einen Hustenanfall vor. „Doch dann, eines Morgens, schickte Gott mir eine Erscheinung!"

Ein Raunen ging neuerlich durch die Menge.

„Ihr wisst, dass ich bisher immer von Demut, Keuschheit und Gottesfurcht gepredigt habe." Satan täuschte einen weiteren Hustenanfall vor, damit die Gläubigen nicht merkten, wie sehr es ihn bei diesen Worten grauste. „Bis zu dem heutigen Tage war ich auch von diesen Dingen überzeugt. Aber", er blickte die lauschende Menge nun eindringlich an, „aber heute will ich euch von meiner Vision erzählen!"

Ein ungeduldiges Murmeln ging durch die Menge. Bewundernd blickten die Menschen zum Fürsten der Unterwelt auf und hingen wie gebannt an seinen Lippen.

Der Teufel breitete die Arme aus. „Warum sollten wir unsere kostbare Zeit hier auf Erden nur dazu nutzen, um Buße zu tun? Gott hat doch auch die Freude erschaffen. Er schenkte uns das Leben! Warum sollte es also Sünde sein, das Leben zu genießen?"

„Aber nur, wer Demut hat vor Gott, wird von ihm in das Himmelreich aufgenommen", rief eine Frau aus der Menge. „Darum soll man nicht den Versuchungen verfallen!"

Luzifer ließ die Arme sinken. „Hat er dir das selbst gesagt?"

Die Frau sah schweigend zu ihm auf und schüttelte dann ihren Kopf. „Nein! Ich weiß es nur von Euch!"

Nun senkte der Teufel leicht sein Haupt. „Seht ihr! Nur mein Wort oder das der anderen Kirchenmänner lässt euch auf die Freuden des Lebens verzichten! Doch in meiner

Erscheinung sprach Gott zu mir", dabei hob er beide Arme gen Himmel, um seinen Worten mehr Gewicht zu verleihen, „dass dies nicht in seinem Sinne ist! Wir sollen tanzen, lachen und uns lieben! Nein, Gott hat mir deutlich vergegenwärtigt, wie kostbar unsere Zeit ist, und deshalb sollten wir sie mit Feiern verbringen!"

Schweigend sah er in die Menge, die wild durcheinanderzureden begann.

„Gottes Botschaft ist, dass wir für ihn lachen und tanzen! Und um den Anfang zu machen, habe ich euch etwas mitgebracht." Mit diesen Worten zog er einen großen Kelch Wein unter seiner Kutte hervor. „Es ist von Gott gesegneter Wein, und er wird unsere Herzen empfänglich machen für die schönen Dinge des Lebens!"

Mit diesen Worten nippte er ganz vorsichtig an dem Kelch und reichte ihn dem am nächsten stehenden Gläubigen.

„Brüder und Schwestern, lasset uns trinken!", rief er mit tiefer Stimme in die Menge.

Vergnügt betrachtete er, wie nach und nach alle Männer und Weiber von dem Wein tranken.

„Und wir sollten jetzt und hier damit beginnen, unserem Herrn zu danken!", rief er mit lauter Stimme in die Menge. „Lasset uns für den Allmächtigen ein großes Fest feiern!"

„Aber wir vermögen nicht zu erkennen, was wir tun sollen", rief eine Frau in der Menge.

„Gibt es denn unter unseren Freunden niemanden, der singen und tanzen kann?" Der Teufel blickte die Gemeinde mit glühenden Augen an. „Ist da niemand, der für uns zu Ehren des Herrn eine fröhliche Weise anzustimmen vermag?"

„Doch", erklang da eine Stimme und eine junge Frau trat nach vorne, „ich habe schon des Öfteren im Chor unserer kleinen Gemeinde mitgesungen. Nur weiß ich nicht, welch ein Lied ich anstimmen soll. Ich kenne nur die frommen Lieder der Kirche!"

„Hm", murmelte Satan. An Kirchenlieder hatte er gar nicht gedacht! Diese entsprachen auch gar nicht seiner Vorstellung. „Dann werde ich euch beistehen!", rief er und begann eine verführerische Melodie zu summen.

Die Gemeinde lauschte gebannt, und nach ein paar Augenblicken begannen die berauschende Kraft des Weines und der betörende Singsang des Höllenfürsten ihre Sinne zu vernebeln. Nach und nach wiegten sie sich in dem Takt der Melodie. Ihre Bewegungen wurden immer unsittlicher, und bald sanken sich Männlein und Weiblein in die Arme.

Mit Frohlocken betrachtete der Teufel das ausgelassene Treiben auf der Wiese. Seine verführerische List war geglückt!

„Was geht hier vor sich?", donnerte plötzlich eine Stimme über den Platz hinweg. „Hier geht es ja zu wie in Sodom und Gomorrha!"

Der Teufel wandte sich um und verdrehte vor Verachtung die Augen. Kleine grüne Flämmchen begannen um ihn herumzutanzen. „Achtet nicht auf den Elenden!", schrie er in die Menge, die kurz in ihrem Treiben innegehalten hatte, und wies auf den Eremiten, der erbost aus der Grotte trat. „Auf der Welt ist es viel schöner als im Himmel! Lasset uns weiter feiern!"

Der alte Eremit trat einen weiteren Schritt auf den Teufel zu. „Wie kannst du es wagen, dich an meiner statt als Prediger auszugeben!" Noch ehe der Teufel es sich versah, zog der Eremit ein Kreuz aus seinem Gewand.

„Weiche von uns, Satan!", schrie er und drückte dem Teufel das Kreuzlein gegen die Brust. „Im Namen des Vaters, des Sohnes und des heiligen Geistes, fahre zurück in die Hölle!"

Gequält schrie der Teufel auf.

In Windeseile verdunkelte sich der Himmel, und ein mächtiges Gewitter donnerte über die Grotte hinweg. Das Gesicht des Teufels verzog sich zu einer hässlichen Fratze, als ein gewaltiger Blitz in den Berg fuhr. Krachend öffnete sich ein tiefer Spalt. Die Menschen rückten ängstlich zusammen und bedeckten ihre Augen. So konnten sie nicht sehen, wie der Höllenfürst wutschnaubend mit einem Satz in dem Spalt verschwand.

Ebenso schnell, wie das Gewitter aufgezogen war, löste es sich auch wieder auf.

„Elende, was habt ihr getan?", rief der Eremit über die Menge hinweg, „Wie konntet ihr seinen Worten nur Glauben schenken? Niemals würde Gott solch eine Frevelei gutheißen!"

Voller Demut senkten die Menschen ihre Häupter. Niemand hatte den Mut, dem Eremiten ins Antlitz zu blicken.

„Was hier heute geschah, soll euch eine Lehre sein! Möget ihr niemals wieder solch sündhaften Worten trauen!"

Die Menschen saßen schweigend im Grase und senkten beschämt ihre Häupter.

„Doch nun erhebet euch!"

Nach und nach kamen alle Menschen der Aufforderung nach und blickten den Klausner erschüttert an.

„Gott hat mich früh genug aus meinem Schlafe geweckt, um den Leibhaftigen an der Vollendung seines frevelhaften Werkes zu hindern! Dafür sollten wir ihm danken. Nicht auszudenken, wohin dieses gottlose Treiben geführt hätte", mahnte der Eremit. „Möget ihr euch fürderhin nicht mehr so leicht vom Teufel blenden lassen!" Für die Dauer eines Augenblicks sah der Eremit die Menge schweigend an. „Doch nun will ich es gut sein lassen und ein Gebet für euch sprechen." Mit diesen Worten hob er die Hände und sprach feierlich ein Vaterunser und segnete die Menschen.

Diese lauschten stumm seinen Worten und machten sich geläutert auf den Heimweg.

Von diesem Tage an ward der Teufel nicht mehr in dieser Schlucht gesehen. Die Gemeinden um die Kanzelley wurden von nun an noch frommer, und niemand vergaß die Begegnung mit dem Leibhaftigen.

Noch heute trägt die Schlucht, in der der Teufel damals verschwand, den Namen „Teufelsschlucht". Wer genau hinsieht, der kann an der Stelle, an der der Fürst der Finsternis damals vom Erdboden verschluckt ward, auch heute, viele hundert Jahre später, noch den Abdruck eines Pferdefußes im Gestein erkennen.

Der Lousberg

Vor vielen Jahren beschlossen die Bürger der Stadt Aachen, zur Lobpreisung des Herrn ein gewaltiges Münster zu bauen. Leider wussten sie nicht, wie sie dies bewerkstelligen sollten, denn der Bau überstieg ihre Möglichkeiten bei weitem. Daher beschlossen sie, den Teufel um Hilfe zu bitten. Dieser kam ihrer Bitte gerne nach, doch er verlangte einen hohen Preis. Als Lohn für seine Hilfe sollte ihm eine gottesfürchtige Menschenseele überlassen werden. Die Aachener überlegten lange, ob sie diesen Pakt mit dem Teufel schließen sollten. Doch dann schlugen sie in den Handel ein, und der Teufel baute ihnen das Aachener Münster. Als er nach getaner Arbeit seinen Lohn in Empfang nehmen wollte, glaubte er seinen Augen nicht zu trauen, denn die Aachener hatten ihm statt einer Menschenseele die Seele eines Wolfs zukommen lassen. Der Teufel tobte vor Wut und sann auf Rache. Niemand betrog ungestraft den Teufel! Viele Wochen überlegte er, wie er dieses listige Volk bestrafen konnte. Eines Morgens kam ihm dann ein wundervoller Einfall, wie er den Aachenern ihren Betrug heimzahlen würde.

Voller Hass und Zorn eilte Satan durch die Weiten des belgischen Landes. Wäre seine Rachsucht nicht so groß gewesen, hätte er eine Rast eingelegt, doch so achtete er nicht auf die schwere Last, die er auf seinen Schultern trug, und freute sich über jeden Schritt, der ihn den verhassten Aachenern näherbrachte!

„Niemand betrügt mich ungestraft", knurrte er vor sich hin und rückte die schwere

Sanddüne zurecht, die quer auf seinen Schultern lag. Der Rückweg von den Gestaden des Meeres schien endlos, und obgleich er den Weg gut kannte, musste er immer wieder anhalten, um sich zurechtzufinden. Die riesige Last zog ihm nämlich den Kopf herunter, sodass er nur sehr wenig sehen konnte. Zu allem Überfluss kam an der Maas auch noch ein starker Ostwind auf, der ihm den Dünensand in die Augen trieb.

„Ach, verdammt", schimpfte er und hustete, „warum muss denn gerade jetzt ein Sturm aufziehen!"

Verärgert kniff er die Augen zusammen und machte sich wieder auf den Weg. Er spürte geradezu, wie er seinem Ziel mit jedem Schritt näher kam, und die Vorfreude auf seine Rache spornte ihn immer mehr an.

„Ha", brummte er, „bald werde ich ankommen, und dann werde ich es diesem elenden Volk einmal richtig zeigen! Jeden verdammten Zoll dieser Stadt werde ich mit Sand zuschütten. Nichts wird mehr zu sehen sein von diesem armseligen Ort!" Gehässig lachte er auf, doch sofort füllte sich wieder sein Mund mit Sand. „Mmpf", schimpfte er, spuckte den Sand aus und schwieg fortan.

Irgendwann deuchte ihn, dass er im Kreise lief. Er hielt inne. Eigentlich müsste er doch schon längst in Aachen angelangt sein. Doch der Wind wehte immer noch ziemlich stark, sodass der Teufel nicht viel sehen konnte.

„Verflixt und zugenäht", tobte er und schob die Düne auf seiner Schulter etwas zur Seite, um besser sehen zu können. Doch so sehr er sich auch mühte, vermochte er keine Stadt zu erblicken.

Da gewahrte er ganz in der Nähe eine Gestalt. Entschlossen trat er vor sie hin und erkannte, dass ein altes Weiblein vor ihm stand.

„Entschuldigt", sprach er sie höflich an. „Wäret Ihr wohl so freundlich, mir eine Auskunft zu gewähren?"

Die alte Frau schaute wachsam zu ihm empor.

Der Teufel setzte ein gewinnendes Lächeln auf. „Und? Vermögt Ihr mir zu helfen? Ich bin auf den Wege nach Aachen und habe mich scheint's verlaufen. Könntet ihr mir vielleicht sagen, ob ich auf dem richtigen Wege bin?"

Die alte Frau betrachtete ihn schweigend, und der Teufel wurde alldieweil ungeduldig.

„Und?", beharrte er fahrig, „meine Last ist schwer und ich muss mich sputen. Vermögt Ihr mir zu helfen?"

Der Teufel neigte den Kopf und schenkte der schweigsamen Alten sein gewinnendstes Lächeln, dieweil er ihr für ihr Schweigen am liebsten den Kopf abgerissen hätte.

„Sicherlich vermag ich Euch zu helfen", antwortete das Weiblein endlich, und der Teufel atmete zufrieden auf.

„Tausend Dank", erwiderte er, „also, wo genau muss ich meine Schritte hinwenden? Oder ist dies bereits der rechte Weg?"

Aus den Augenwinkeln sah Luzifer, wie die Alte etwas aus ihrem Gewande zog. Neugierig wandte er den Kopf, um zu schauen, womit das Weib ihm helfen wollte. Doch der Gegenstand war zu klein, sodass er ihn nicht zu erkennen vermochte.

„Ei, was habt Ihr da? Ist dies ein Wegweiser?"

„Da, Elender, nimm das!", rief ihm die Alte plötzlich zu und warf den kleinen Gegenstand in seine Richtung.

„Was ...?" Der Fürst der Hölle war so von Erstaunen gepackt, dass er verabsäumte, zur Seite zu springen.

Da bemerkte er, wie auf beiden Seiten seiner Arme Sand hinunterlief. Verzweifelt versuchte er, ihn aufzuhalten, doch es wollte ihm nicht gelingen. Er hatte die Gewalt über die Sanddüne auf seinem Rücken verloren. Allmählich ergoss sich der gesamte Sand über den Erdboden.

„Was habt Ihr getan?", schrie Satan aufgebracht dorthin, wo ein paar Augenblicke zuvor noch das alte Weiblein gestanden hatte.

„Was habt Ihr in meine Düne geworfen?"

Doch von der Alten war nichts mehr zu sehen.

Wütend versuchte der Teufel, den Sand wieder zusammenzufegen, doch all seine Versuche gingen fehl.

„Das wird Euch teuer zu stehen kommen", stieß er hasserfüllt hervor.

Rasend vor Zorn trat er immer und immer wieder in den Sand, sodass die Sandkörner nur so in der Luft tanzten. Da vernahm er mit einem Mal ein leises Klirren. Neugierig bückte er sich und hob ein silbrig glänzendes Ding aus dem Sand. Doch kaum hatten sich seine Finger darum geschlossen, durchzuckte brennender Schmerz seine Hand, und er ließ den kleinen Gegenstand gleich wieder fallen.

„Au", jaulte er auf und rieb seine verbrannten Finger.

„Welch elendes Werk steckt wohl dahinter?", schrie er empört und bückte sich erneut, um das glänzende Ding näher in Augenschein zu nehmen. Da erkannte er, dass im Sande vor ihm ein silberner Rosenkranz lag.

„Diese alte Hexe hat mir einen Rosenkranz in die Düne geworfen und damit all meine Rache vereitelt! Oh, wie ich dieses elende Aachener Menschenvolk hasse!"

Erbittert vor Enttäuschung und vor Wut bebend, beschloss der Teufel, die Aachener auf eine andere Art und Weise zu bestrafen, doch er vermochte nicht an dem Rosenkranze vorbeizugehen. Ungläubig blickte er in die Ferne, doch als er gewahrte, dass er nicht an den Sandbergen vorbeikommen würde, fuhr er grimmig tief in die Erde hinein und schwor sich, den Aachenern fortan keinerlei Beachtung mehr zu schenken.

Die wiederum mieden ihrerseits diesen Ort für lange Zeit, denn sie hatten von der Alten erfahren, auf welche Weise die Sandberge über Nacht entstanden waren. Doch mit der Zeit zeigte sich, dass sich der Teufel wohl nicht mehr blicken ließ, und so gaben sie den beiden Bergen Namen. Den größeren der beiden nannte man fortan den Lousberg und den kleineren den St. Salvatorberg. Sehr zu des Teufels Verdruss errichteten Bürger von Aachen an der Ostspitze des Lousbergs ein Kreuz und auf dem St. Salvatorberg ein Kloster. Der Teufel hingegen wurde von diesem Tage an nicht mehr in der Aachener Gegend gesehen. So besagt ein Sprichwort seit dieser Begebenheit: „De Oecher send der Düvel zu lous." (Die Aachener sind dem Teufel zu schlau.)

Geheimnisvolle Eifelorte: Wo die Sagen und Legenden beheimatet sind

1	Der Teufelsweg von Falkenstein	Bauler, Südeifel
2	Wodans Rache	Kasselburg bei Gerolstein, Vulkaneifel
3	Hof Waltersburg	Gillenfeld, Vulkaneifel
4	Der bekehrte Graf von Gerolstein	Gerolstein, Vulkaneifel
5	Das versunkene Schloss	Weinfelder Maar bei Daun, Vulkaneifel
6	Wahre Liebe	Ulmener Maar, Vulkaneifel
7	Der Ritter in der Manne	Hontheim, Vulkaneifel
8	Spuk auf Burg Manderscheid	Manderscheid, Vulkaneifel
9	Das Haykreuz von Cochem	Cochem, Mosel
10	Die Jungfer Agnes von Eltz	Burg Eltz bei Münstermaifeld, Osteifel
11	Genoveva	Mayen, Hocheifel
12	Die Wunderblume auf der Hohen Acht	Hohe Acht, Hocheifel
13	Die glühenden Kohlen	Adenau, Hocheifel
14	Der Raubritter am Laacher See	Laacher See, Osteifel
15	Der schwarze Fuchs der Olbrück	Brohltal, Osteifel
16	Die Teufelsley	Ahreifel
17	Die Gefangenen von Burg Are	Altenahr, Ahreifel
18	Der Rittersprung	Altenahr, Ahreifel
19	Die Saffenburg	Altenahr und Mayschoß, Ahreifel
20	Die drei Schüsse	Mayschoß, Ahreifel
21	Der goldene Pflug	Bad Neuenahr, Ahreifel
22	Die Luftbrücke	Bad Neuenahr, Ahreifel
23	Die drei Jungfrauen von Landskron	Landskrone, Ahreifel und Tomberg, Nordeifel
24	Der unerschrockene Mahlhannes	Bad Münstereifel, Nordeifel
25	Die Kanzelley	Nideggen, Rureifel
26	Der Lousberg	Aachen, Vennvorland

NL
Aachen
26
Belgien
Vennvorland
Stolberg
Roetgen
Düren
Kreuzau
Rur
25
Nideggen
Zülpich
Euskirchen
Heimbach
Simmerath
Urft
Erft
Rheinbach
Mechernich
Gemünd
Rur-/Nordeifel
24
Monschau
Schleiden
Kall
Bad Münstereifel
Hohes Venn
Hellenthal
Nettersheim
Blankenheim
Ahr
Dahlem
Stadtkyll
Hillesheim
Westeifel
Prüm
Gerolstein
4
2
Bonn
Westerwald
Bad Neuenahr-Ahrweiler
Sinzig
17 18 21 22 23
19 20
Altenahr
16
Bad Breisig
Ahreifel
15
Rhein
12
Niederzissen
14
13
Adenau
Mendig
Andernach
Nürburg
Osteifel
Koblenz
Kobern-Gondorf
Mayen
11
Kelberg
Hocheifel
Münster-maifeld
Elzbach
Daun
Ulmen
6
Kaisersesch
10
5
Mosel
Vulkaneifel
9
Cochem
Gillenfeld
3
Manderscheid
8
7
Hontheim
Nims
Prüm
Enz
Salm
Lieser
Kyllburg
Traben-Trarbach
Neuerburg
Bauler
1
Bitburg
Wittlich
Südeifel
Moseleifel
Hunsrück
Speicher
Kyll
Luxemburg
Sauer
Irrel
Schweich
Trier

Quellennachweis

Die Autorin dankt folgenden Schriftstellern, Herausgebern und Forschern für Ihre Arbeiten und Inspiration:

Baff, Dr. / Dohm: Das Gerolsteiner Burgkreuz und seine Sage, Jahrbuch Vulkaneifel, 1977

Guthausen, Karl: Sagen und Legenden aus Eifel und Ardennen, Band 1, Aachen 1992

Jahrbuch Vulkaneifel: Kindesentführung auf der Kasselburg und Wodans Heer, 1987

Jansen, W. in Heimatkalender Kreis Ahrweiler: Der schwarze Fuchs, Ahrweiler 1927

Kinkel, Gottfried: Die Ahr, Köln 1999

Klein, Hans-Georg: Sagen und Legenden von der Ahr bis zur Mosel, Aachen 1996

Losse, Michael: Die Saffenburg bei Mayschoß an der Ahr und ihr historisches Umfeld, Marburg/Lahn 2001

Schlundt, Rainer: Sagen aus Rheinland-Pfalz, Augsburg 1998

Wagner, Reinhold: Ritter, Räuber, Heilige. Sagen von Mosel, Eifel, Hunsrück, Bernkastel-Wittlich 1991

Weiterhagen, Paul: Eifel und Mosel erzählen, Köln 1968

Wißkirchen, Friedberg: Der untergegangene Hof Waltersburg bei Winkel, Jahrbuch Vulkaneifel, 2006

Bildnachweis

Die Illustrationen zu den Sagen von Christiane Flock.
Alle anderen Illustrationen Dover Bildarchiv.